*Ma Mercedes est plus grosse*
*que la tienne*

NKEM NWANKWO

# *Ma Mercedes est plus grosse que la tienne*

*Roman*

*Traduit de l'anglais par Josette Mane*

LE SERPENT A PLUMES

*MOTIFS n° 51*

Première édition 1975 André Deutsch Ltd, London,
sous le titre original *My Mercedes is bigger than yours*
Première publication en français Hatier 1996



N° ISSN : 1251-6082
N° ISBN : 2-84261-045-8

LE SERPENT A PLUMES
*20, rue des Petits-Champs - 75002 Paris*

## À PROPOS DE L'AUTEUR

Nkem Nwankwo est né en 1936 en pays Ibo au Nigeria. D'abord enseignant, puis journaliste au *Daily Times of Nigeria*, il a publié son premier roman, *Danda*, en 1964. *Ma Mercedes est plus grosse que la tienne*, paru en 1975, est son deuxième roman.

## PREMIÈRE PARTIE :

## EN PRISE DIRECTE SUR LES RACINES

Il était une fois un jeune homme qui savourait les joies d'une voiture neuve. Vraiment, se disait-il, il y a des fois où une automobile semble avancer quasiment toute seule. Bien sûr, certains jours elle faisait la tête, quand elle geignait et renâclait sans raison, mais il y avait des moments divins, quand elle semblait flotter en douceur sur la crête d'une vague immatérielle.

C'était comme posséder une femme. Il y a d'abord des tâtonnements maladroits, quelques essais futiles pour trouver la position et le rythme adéquats. Puis suivent les instants d'harmonie parfaite où les deux corps semblent se confondre dans une mystérieuse alchimie. La joie et le désir explosent en vagues déferlantes jaillies d'impulsions aussi mystérieuses qu'irrationnelles.

De la même manière, se disait le jeune homme, il y a des moments d'entente physique avec une voiture, surtout, semble-t-il, quand la voiture est neuve. Mais s'il avait réfléchi un peu plus avant à la question, il aurait lié les performances irrégulières de la voiture à l'état des routes, car son pays, comme la plupart des pays en voie de développement, construisait les routes par à-coups, toujours tributaires de finances parcimonieuses. Des années de vaches maigres avec par-dessus le marché des entrepreneurs voraces, plus soucieux de gros profits que du confort des usagers, produisaient des coupe-gorge baptisés routes, tandis que les rares portions goudronnées étaient le fruit d'années d'opulence.

Il serait bientôt chez lui. Déjà apparaissaient les repères familiers. Il entonna un chant d'allégresse. La chanson, sa joie, la conduite facile dans le crépuscule embaumé lui firent presque monter les larmes aux yeux. Il fit un signe d'amitié aux enfants nus qui travaillaient au bord de la route, sans remarquer leur nudité et leur misère. Il les voyait à travers le halo de son bonheur. Son sentiment de bien-être lui semblait un heureux augure pour son retour.

## II

La maison du patriarche Udemezue Okudo était en émoi. Le vieil homme avait donné le ton en se levant plus tôt que de coutume et en clamant à travers le mur des cases de ses cinq femmes : « Holà ! vous ne voyez pas le soleil ? » Les enfants furent les premiers à répondre à son appel, se bousculant pour détacher la vache qu'on abattrait en l'honneur du retour de leur frère. Avec l'aide de voisins complaisants, la vache fut amenée de l'enclos où elle broutait et attachée à un arbre. Les enfants firent cercle autour d'elle avec force grimaces. Alors se posa la question de savoir qui tuerait la vache. Abattre les vaches était un art de longue tradition, et les spécialistes se faisaient de plus en plus rares.

« Allons chercher le fils de mon frère, Nweze. Il doit être à la maison », suggéra la première épouse, Oliaku.

Udemezue lui jeta un regard noir en grommelant. C'était pourtant une fameuse idée. Le garçon en question, Nweze, était sans doute un idiot, mais il savait abattre les vaches selon le rituel. Après avoir continué à priser un moment d'un air grognon, Udemezue fit signe qu'il acceptait. Oliaku, bondissant de joie, partit donner ses consignes à une fillette, la fille d'une des jeunes épouses.

« Ada, viens ici. Va à Mbamili dire à mon frère Okike que je me voile la face de honte. Ils savent que mon fils revient aujourd'hui et rien n'est prêt. Dis-leur qu'Udemezue les attend tous ici ce soir.

– Oui, mère.

– Et demande à Nweze, le fils de mon frère, de venir tout de suite. »

La petite fille partit en courant mais quant elle fut à la barrière, la femme cria : « Ogoli ne doit pas venir, tu as entendu ?

– Oui, mère », dit la petite en passant la barrière.

Mais Oliaku savait qu'Ogoli viendrait.

Ogoli était un autre de ses neveux à Mbamili et il l'avait gravement offensée. Elle lui avait trouvé une jolie épouse à Aniocha. Mais dès que la dot avait été acquittée, il avait cessé de venir lui rendre ses respects. Il allait chez sa belle-mère avec des cadeaux de poisson ou de gibier et faisait un détour pour éviter sa tante.

La famille commençait à arriver. Le premier, comme on pouvait s'y attendre, fut Ikenna Ozigbo, plus connu sous le nom de Magic. Grand, efflanqué et bigleux, il portait une chemise et un pantalon kaki qui voyaient peut-être le savon une fois par an. Mais cette tenue témoignait de sa conviction d'être supérieur au reste du village. C'est qu'à l'entendre, Magic avait vu du pays : Lagos, Port Harcourt, Kano… Il se présentait comme un « docteur occulte » pour toutes sortes de maladies. Il confectionnait aussi des anneaux et des amulettes pour assurer le succès au travail et aux examens. Il prétendait compter beaucoup de personnages influents – des ministres par exemple – parmi ses clients.

« Qu'est-ce qui rend les gens riches à ton avis ? Leur intelligence et leur travail ? Faux. C'est *l'ogwu*[1], mon ami, un *ogwu* puissant ! Et je peux te le préparer », disait Magic. Magic avait aussi d'autres talents. Il jouait de la flûte dans les fêtes et faisait aussi de la politique. Quand il y avait des élections, il se faisait nommer secrétaire local et il savait embobiner nombre d'électrices qui n'avaient pas la moindre idée de l'enjeu du vote. Cependant, malgré ses services comme agent électoral, on ne faisait pas confiance à Magic car on le soupçonnait de recevoir des pots-de-vin des deux bords.

Il entra en bourrasque dans *l'obi*[2], et après le

---

[1] *Philtre magique.*

[2] *Case de chef. (N.d.T.)*

verre de vin de palme de bienvenue, attaqua le récit de ses derniers exploits.

« Il est arrivé quelque chose de bizarre à Ubulu, mes amis. Un mari, que sa femme avait quitté, m'a fait venir pour que je lui prépare un philtre qui la ferait revenir.

– Et tu l'as fait ?

– Oui, et deux jours plus tard elle est revenue en courant. C'était un *ogwu* spécial que j'ai fait venir de l'Inde. C'était la première fois qu'on s'en servait.

– Tu parles de quel Ubulu ? demanda Udemezue.

– Sur la route d'Enugu.

– Je connais. À environ quinze kilomètres d'Enugu.

– Douze, dit Magic.

– Quinze », maintint Udemezue. Il n'allait pas se laisser contredire par ce charlatan.

D'autres membres de *l'umunna*[1] arrivaient peu à peu. Le dernier fut le vieil Imedu, le membre le plus âgé de la famille. Tant mieux si on n'avait pas encore brisé la cola. Il aimait le faire partout dans la famille.

« Mes vieux os sont de plus en plus raides, mes enfants », dit-il en entrant d'un pas chancelant.

[1] *Famille. (N.d.T.)*

Magic se précipita pour l'aider à s'asseoir. Le vieil homme lui lança un regard torve.

« C'est le fils de qui, celui-là ? » C'était une de ses ruses de ne pas reconnaître les gens.

« Je suis le fils d'Ozigbo, dit Magic. On m'appelle Magic.

– Ah, Magic, dit le vieux avec indifférence. Tu as dit, Magic ?

– Oui.

– Ces noms qu'ont les jeunes d'aujourd'hui ! Tout de même ! Heu ! Magic ! »

Il essaya avec circonspection le siège qu'on lui avançait, n'eut pas l'air de le trouver à son goût, mais finit par s'y laisser choir.

Puis il jeta un regard venimeux en direction d'Udemezue : « Udemezue, fils de brigands, regarde-moi, tu vois à quoi tes ancêtres m'ont réduit ! Udemezue, fils de traître. »

Udemezue ne releva pas l'injure. Tous étaient habitués aux politesses du vieil homme et savaient qu'il n'y avait pas chez lui de malveillance véritable. Il était pauvre et seul car il avait perdu sa femme et ses enfants. Et les villageois, d'un accord tacite, se faisaient un devoir de l'entretenir. Ils le nourrissaient à tour de rôle, mais il semblait haïr particulièrement ceux qui l'aidaient. Comme il passait le plus clair de son temps chez Udemezue, celui-ci était une cible facile.

Rares cependant étaient ceux qui abandonnaient le vieil Imedu, en partie parce que cela ne s'était jamais vu d'abandonner un vieillard sans défense, et en partie parce qu'on comprenait que sa hargne était sa réaction à trop de désillusions et d'impuissance. Imedu, aux beaux jours de sa jeunesse, avait été choisi comme gardien du sanctuaire du village. La charge avait été bonne tant que la vie du village gravitait autour du sanctuaire. Mais quand le culte s'était relâché, et que le nombre des fidèles avait diminué, sa puissance et ses ressources s'étaient taries. Il était comme une épave embarrassante rejetée par le fleuve.

« Udemezue, fils d'empêcheur de tourner en rond… » Il s'étranglait presque dans ses imprécations.

« Ça va, grand-père, dit le bouvier du ton dont on parle à un enfant.

– Donne-lui la noix de cola, dit Udemezue. Casse la cola pour nous, grand-père. »

On lui fit passer la cola dans une écuelle de bois. Il la brisa, puis à regret, distribua les morceaux, en en gardant deux pour lui. Magic servit le vin de palme d'un grand pot placé au milieu de *l'obi*.

Après avoir bu deux fois, le vieil homme fit cogner la calebasse sur ses genoux pour s'assurer qu'elle ne cassait pas. Quand il la vit intacte, il eut un air dépité.

« Udemezue Okudo, gronda-t-il.

– Qu'est-ce qu'il y a ?

– Tu as dit que ton fils allait venir ?

– Oui.

– Quand cela ?

– Aujourd'hui. Ce soir.

– Eh bien, il ne viendra pas, grinça le vieux.

– Ça va, vieillard.

– Le grand-père veut plaisanter, ou bien il est un peu ivre peut-être, sourit Magic.

– Ivre avec seulement un verre de vin de palme ! cria Imedu.

– Verse-lui un autre verre, Ikenna. Tu veux un autre verre, grand-père ? »

Le vieil homme se contenta de renifler et quand on lui tendit la calebasse il la saisit sans un merci.

Il se leva pour boire, regardant son siège d'un air vague.

« Qui m'a donné ça ? Est-ce que c'est quelque chose à donner à un vieil homme ? »

Udemezue fit signe à Magic qui enleva l'objet du délit, un tabouret magnifiquement sculpté, et le remplaça par une chaise longue. Le vieil homme s'y installa et s'endormit aussitôt.

Le soleil était déjà haut dans le ciel et tout le village offrait un spectacle bruissant de vie. C'était bientôt l'heure du marché, les voisins s'interpellaient selon leur système compliqué du téléphone de brousse. Des champs éloignés s'élevait le doux roucoulement des tourterelles. Un peu plus tard, on entendit chanter sur la route. Puis le retour d'Onuma, fils d'Udemezue, devint le sujet de la conversation.

« Il a été absent si longtemps ! J'espère qu'il ne va pas nous trouver trop lourdauds, dit le bouvier.

– Je me méfie de ces jeunes gens, cria le vieux, réveillé tout à coup. Ils nous abandonnent quand nous sommes vieux.

– Ils ont de la chance, ces jeunes, continua le bouvier, le monde leur appartient. Ils peuvent aller partout. Dire que j'aurais pu être comme eux si j'avais étudié. C'est dans notre jeunesse que les Blancs ont apporté les livres par chez nous. Mais je n'arrivais pas à les lire, je n'avais pas assez de patience.

– Il faut plus que de la patience pour lire les livres », remarqua quelqu'un au milieu des rires.

Udemezue restait à l'écart. Au fond de lui-même il était tendu d'impatience. Ce serait le sommet de sa carrière, quelque chose de plus grand encore que *l'ozo*[1]. Mais au-dehors il était calme, presque détaché.

« Mais où traîne donc ce Nweze ? » cria-t-il.

---

[1] *Titre de chef. (N.d.T.)*

Nweze, le tueur de vaches, arriva enfin. Avec son exubérance coutumière, il commença à claironner ses salutations avant même d'avoir atteint la porte.

« Fille de notre clan, nous voilà !

– Bienvenue, Nweze ! répondit Oliaku, en ignorant délibérément Ogoli qui se cachait derrière le géant.

– Tirez des coups de fusil, soufflez dans les trompettes, c'est un jour de joie.

– Oui, un jour de joie », fit en écho Ogoli.

Oliaku se tourna furieuse vers lui.

« Alors tu es venu ? Je croyais que cette maison était tabou. Je croyais que j'avais la lèpre. »

Le petit Ogoli eut un sourire épanoui.

« Je n'ai pas besoin d'excuses pour venir ici, fit-il aimablement. C'est autant ma maison que celle de qui que ce soit. Là où est ma chère tante, c'est ma maison.

– Bien parlé » s'écria Nweze en lui secouant la main.

Oliaku ne poussa pas plus avant la discussion. Elle était trop heureuse de la visite de ses neveux et du retour de son fils pour en vouloir à quelqu'un.

« Je n'ai rien d'autre à dire. »

Et, feignant la colère, elle retourna dans sa case.

Les nouveaux arrivants se joignirent à ceux qui

étaient déjà dans *l'obi,* et échangèrent les politesses de rigueur.

« Prends du vin de palme, dit Udemezue.

– Comme si j'avais besoin d'une invitation, répliqua Nweze au milieu des rires. Mais ne crois pas que je suis venu ici seulement pour boire du vin de palme. Je suis venu pour accueillir mon cousin.

– Prends tout de même du vin de palme, dit Magic.

– Merci, mais un d'entre vous devrait le goûter d'abord. Je me méfie des gens d'Aniocha. Vous êtes trop rusés pour mon goût.

– T'en fais pas, dit le bouvier, si tu meurs, ceux de ton village seront bien contents d'avoir ton cadavre. Tu seras succulent. Tu connais bien la légende qui raconte que les gens de Mbamili étaient cannibales.

– Ma foi, nous sommes pratiques, tonitrua Nweze. Nous mangeons ce que nous tuons. Nous ne gaspillons pas la chair humaine comme vous.

– Il a raison ! »

Les enfants avaient compris que le tueur de vaches tant attendu était arrivé et ils traînaient dans *l'obi,* trouvant tous les prétextes pour jeter un coup d'œil sur leurs aînés.

Finalement, Nweze, revigoré par un nombre suffisant de libations, se leva et rugit un ordre bref. Plusieurs mains tirèrent la vache, la couchèrent sur une table préparée à cet effet, et Nweze, avec une dextérité professionnelle, lui trancha le cou. Puis, suivit tout le cérémonial du nettoyage et du découpage.

Pour l'arrivée de son fils, Udemezue avait revêtu sa tenue d'apparat : une longue tunique de laine et une toque ornée de plumes de perroquet. Quand il se dirigea vers l'arrêt d'autobus pour attendre son fils, tous les membres de *l'umunna* l'escortèrent, sauf le vieil Imedu qui dormait toujours.

C'était midi. Des colonnes de villageois allaient au marché. Il y avait un groupe de joueurs de tam-tam, conduits par le musicien chef d'Aniocha portant son pagne habituel de coton et son bonnet de nuit à raies rouges. Le plus jeune n'avait que sept ans mais semblait avoir déjà acquis le style dépenaillé des autres. L'arrêt d'autobus était situé de l'autre côté du marché.

Udemezue, assis au milieu du groupe, prisait inlassablement et de temps en temps laissait tomber une remarque. Il n'y avait pas encore foule au marché et le calme de la petite bourgade n'était rompu que par le passage occasionnel d'un camion particulièrement bruyant. L'attente serait longue, mais *l'umunna* l'acceptait. Assises sur leur tabouret, les femmes formaient un groupe à part.

Certaines cassaient des noix. Mais la mère était trop anxieuse pour avoir une de ces activités futiles. Elle guettait le moindre bruit. Bien que son fils eût écrit qu'il avait une automobile, elle sursautait chaque fois qu'un camion ou un autobus s'arrêtait pour déposer un voyageur. Bientôt Nweze, son travail terminé, rejoignit le groupe.

« Tu avais là une bien grosse vache ; ça m'a pris presque trois heures à la détailler. Tu dois inviter tout le monde à Aniocha pour la manger ! fit-il en se frottant les mains. Alors, notre ami n'est pas encore arrivé ?

– La route est longue, expliqua Magic d'un geste d'initié.

– Ça prend combien de temps ?

– Ça dépend, expliqua Magic d'un ton sentencieux. On peut le faire en trois, quelquefois deux jours

– J'irai là-bas un de ces jours, dit Nweze. Croyez-moi un de ces jours j'irai à Lagos. »

Tous éclatèrent de rire. Ils savaient que les dix villes autour d'Aniocha seraient probablement le bout du monde des voyages de Nweze.

Le soleil se couvrait avec le soir et le ciel avait pris ses tons de roux doré quand le voyageur arriva. Une Jaguar dorée freina un peu au-delà du groupe, et lentement, en hésitant, fit marche arrière.

Un très beau jeune homme, bien charpenté,

portant une barbe, dans un élégant costume anglais, sortit de la voiture. Il y eut une seconde d'expectative, comme si chacun hésitait à reconnaître l'autre. Puis Oliaku bondit sur l'inconnu pour l'étreindre et l'embrasser. Après le premier moment d'émotion, elle se recula pour l'examiner.

« Pourquoi cette barbe ?

– C'est l'âge, mère !

– Eh bien ! si tu parles d'âge, qu'est-ce que ton père et moi allons dire ? »

Après ses effusions avec sa mère, Onuma serra la main des autres membres de la famille.

« Comme on grandit à la ville ! s'exclama Nweze en comparant sa taille à celle d'Onuma. Un tout petit gamin à peine hier et aujourd'hui, quel maousse ! »

Nweze leva les bras d'un geste éloquent.

Après les échanges de saluts, Onuma prit les choses en main.

« Comment va-t-on à la maison ? On est trop nombreux pour aller tous en voiture… père, toi et mère, montez… ensuite…

– Aucun problème, dit le colosse. Je vais à pied et les autres aussi. J'ai tout le temps. J'aurai l'occasion de monter dans ta voiture, je te le garantis. Va, mon garçon, ton père et ta mère ont le droit de goûter le fruit de leurs peines. C'est comme cela qu'il faut faire. Venez, les enfants. »

Il fit signe au reste de l'*umunna*. Tous se levèrent, et secouant la poussière de leur postérieur, ils se mirent en route. Udemezue se trouvait confronté à une situation nouvelle. D'habitude, c'était lui qui prenait les décisions. Il n'était pas homme à qui on dictait sa conduite. Mais mis devant le fait de la réussite de son fils, il était plus subjugué qu'il aurait jamais pu l'imaginer. Il hésita et il fallut les encouragements de Magic pour le convaincre de monter en voiture. Magic était resté en arrière après le départ de l'*umunna*, ostensiblement pour servir de chaperon à Oliaku et Udemezue, mais en réalité pour aller lui aussi en voiture. Il leur ouvrit la portière puis s'installa.

« Tu vois comme c'est, mère, dit-il d'un ton de guide.

– Oui, je vois comme c'est », répéta Oliaku, défaillante d'émotion.

Udemezue était partagé entre sa dignité de patriarche et son sentiment de triomphe.

Une étroite allée menait de la route à la concession d'Udemezue. Onuma hésita un court instant. Il se demandait si c'était prudent pour la voiture. Puis il remarqua un espace libre devant la cour du voisin de l'autre côté de la route. Il allait se garer là, mais Udemezue ne voulut rien entendre. Ce terrain appartenait à la veuve d'un policier à la retraite, une commère notoire, qui aurait bâti tout un roman à son avantage si on avait garé une voiture près de sa cour.

« Tu as toute la place que tu veux dans notre *obi* », dit le père. Alors, prudemment, Onuma avança dans l'allée herbeuse, franchit le large portail sculpté et entra dans la cour. Dès que la voiture fut arrêtée, toute la famille fut autour. Les passants, entendant les voix enthousiastes, vinrent en curieux et restèrent admirer la voiture.

Bien avant le retour d'Onuma, Udemezue avait prévu une réception. Mais le point le plus préoccupant avait été la construction d'une maison digne du jeune homme. Il y avait une case de pisé vide, couverte de chaume, que les enfants avaient occupée quand ils étaient petits. Mais Udemezue pensait que ce ne serait pas assez bon pour Onuma. Il fallait une habitation digne de sa nouvelle position. Justement Udemezue avait marié une de ses filles et comme elle était plutôt jolie, la dot avait été assez substantielle. Cette somme, ajoutée à l'argent tiré de quelques autres transactions, telles que la vente d'une partie de la récolte d'ignames, lui avait permis de construire une confortable maison de deux pièces, en parpaings, avec un toit de tôle. Elle se dressait donc toute neuve et pimpante à l'écart des autres cases de la cour. Udemezue voulut y amener directement Onuma, mais celui-ci refusa.

« Il faut d'abord que j'aille m'asseoir dans le vieil *obi.* Il y a des siècles que je ne l'ai vu. Emportez mes affaires dans la maison neuve », ordonna-t-il aux enfants.

Udemezue approuva, mais avec quelques restrictions mentales. Ce gamin était un peu trop autoritaire.

Le vieil Imedu était toujours endormi dans *l'obi.* À l'arrivée de la compagnie, il se réveilla en sursaut et examina Onuma avec des yeux ronds.

« Tu me reconnais, fils ?

– Oui, dit Onuma, tu es le gardien du sanctuaire.

– J'étais, répliqua le vieillard d'une voix de fausset. C'est maintenant le sanctuaire qui me garde. »

Nweze voulait entendre toutes les nouvelles de Lagos. Il était surtout intrigué par la voiture. Pour son esprit simple, il paraissait incroyable que celui qui n'était qu'un enfant il y a si peu de temps, pût posséder une voiture.

« Fils – c'était une de ses expressions favorites – fils, qu'est-ce que tu fais exactement à Lagos ? »

Onuma sourit. Sa profession, celle de chargé des relations publiques, n'avait pas le moindre rapport avec ce qui avait pu appartenir à l'expérience de Nweze. Aussi ne savait-il pas en quels termes la décrire. Alors il adopta sa méthode favorite pour tourner les questions embarrassantes. Il affabula. Il se présenta comme un voyageur, un expérimentateur en mœurs exotiques. Par exemple, il avait escorté un convoi de voitures sur des milliers de kilomètres. Il avait aussi été le premier non-croyant à visiter le harem d'un sultan. Il brossa un tableau pittoresque des montagnes d'arachides « qui touchent le ciel » et il couronna son récit avec des histoires de courses de chevaux sauvages à travers les plaines du Soudan.

Il parlait en gesticulant et ses yeux noirs et brillants avaient un air de défi. Les paysans buvaient ses paroles. À la fin, Nweze demanda, feignant l'envie :

« Fils, qu'est-ce qu'il faut faire pour être un bon voyageur ? Est-ce qu'il faut connaître les livres, ou quoi ?

– Tout ce qu'il faut, c'est avoir l'esprit d'aventure, la volonté d'oser. Au Moyen Âge…

– Au Moyen Âge, fils ?

– Dans les temps anciens, les hommes avaient cette volonté. Les Blancs avaient tous cet esprit d'aventure.

– L'esprit d'aventure… », rêvassa Nweze.

Quand il eut l'impression d'avoir épuisé le sujet, Onuma se leva et se retira dans sa maison. Mais la fête continua chez son père, très avant dans la nuit.

## III

Une fois seul, l'exaltation du retour tombée, Onuma sentit le découragement s'abattre sur lui. Il y avait tant de choses au village pour vous saper le moral. L'obscurité soudaine, par exemple. Sa chambre était éclairée par une minuscule lampe à huile faite dans une boîte de conserve vide, dans laquelle on avait planté une mèche. Elle répandait une lueur blafarde qui accentuait encore l'ombre sinistre de la pièce. Onuma n'avait jamais aimé le noir. Par tempérament c'était un enfant de la lumière. Les villageois étaient partis. Comme les animaux, ils se couchaient avec le soleil. À Lagos, Onuma aurait seulement été en train de se préparer pour une de ses virées nocturnes : il se lavait, se parfumait, choisissait parmi ses cravates celle qui irait avec un de ses nombreux costumes. Il avait apporté ici tout un assortiment de vêtements élégants, mais il savait qu'il n'aurait pas l'occasion de les porter.

Bien sûr, Onuma était né et avait grandi au village, même si, en raison de l'aisance relative de son père, il n'avait jamais vraiment connu le travail manuel. Sa conception de la vie se résumait dans la conviction que le monde existait pour exaucer ses désirs. Un physique avantageux, des manières plaisantes lui avaient permis de cultiver cette attitude sans effort excessif. D'instinct, il recherchait les gens à qui tout réussissait. Il n'avait guère de patience pour les faibles et les sots. Il haïssait la maladie, les petits et les laids. Il se voyait comme un homme de la Renaissance, un homme de la trempe des Médicis.

Même à l'école du village, ses frasques et son entregent étaient célèbres. Par la suite, il avait été adopté par un oncle riche qui était dans les affaires et qui l'avait envoyé dans une école très huppée. Et cela l'avait confirmé dans sa conviction d'être supérieur à tous. Car l'école, une sorte de sous-Eton avec tous ses stéréotypes, se caractérisait par son recrutement divers : fils de cultivateurs, enfants de parvenus, rejetons de politiciens analphabètes mais argentés, enfants des bidonvilles misérables. Elle flattait leur vanité, leur enseignait la prétention et le mépris du genre de vie qui serait le leur plus tard.

Onuma adora l'école. Il trouva le travail facile. Travailler dur était plutôt mal vu. La bataille de la vie devait se gagner sur les terrains de sport et non dans les salles de cours. Bûcher, potasser était bon pour les infirmes, les mal bâtis, les malingres au visage ingrat, les porteurs de lunettes. Les garçons qui comptaient, ceux qui étaient bien habillés et jouaient au football, pouvaient s'en dispenser. Malgré son attitude devant le travail, il s'entendit bien avec les professeurs, pour la plupart des types à la coule, assez nonchalants, qui affectaient de jeter un regard ironique sur leur profession. Un ou deux l'avaient invité à venir prendre un verre chez eux et lui avaient fait des avances. Mais il ne s'en était pas offusqué, parce qu'au fond il n'éprouvait que mépris et condescendance pour les professeurs en tant que catégorie sociale.

Auprès de ses camarades il était extrêmement populaire. Il exerçait sur eux un pouvoir charismatique. La seule déception de sa carrière scolaire fut qu'il ne parvint pas à être nommé préfet de classe. D'abord, ses condisciples en furent scandalisés puis, finalement, ils acceptèrent le verdict. Après tout, la fonction de préfet aurait terni l'image de leur héros, en réduisant son rôle de prince charmant au-dessus de la mêlée à celui, plus ambigu, de gardien de la discipline. Quant à Onuma, cette déception eut pour effet de développer sa réaction d'hostilité envers l'autorité. Il prit l'habitude d'inventer toutes sortes de moyens pour tourner la règle.

C'est à cette époque qu'il découvrit la luxure. Il créa une petite bande de noceurs qui faisaient de fréquentes descentes dans les bordels de Lagos.

Il commença aussi à découvrir son ascendant sur les femmes. Elles l'adoraient, se jetaient à sa tête. Loin d'adoucir sa nature, ceci créa en lui une carapace de dureté. Mais elles ne l'en aimaient que davantage.

L'entrée à l'université alla de soi. La nation venait de construire sa première université. On y avait engouffré presque un tiers des revenus annuels du pays. Elle se dressait donc, étincelant joyau de brique et de verre, au milieu des cahutes de pisé de la ville indigène. Les étudiants étaient rares et jouissaient de tous les privilèges du petit nombre. La nation en faisait grand cas et ne leur refusait rien. Appartenir à cette poignée d'étudiants ne contribua pas à améliorer la modestie d'Onuma, ni celle d'aucun de ses condisciples.

Mais en un sens, l'université fut pour Onuma une désillusion. Elle semblait surtout une répétition de ce qu'il avait fait à l'école. Il n'y connut jamais cette ivresse de liberté que les garçons sont censés découvrir quand ils entrent à l'université. À cause de l'étrange organisation de l'année universitaire au Nigéria, qui place la rentrée à la fin de l'année, il eut neuf mois à tuer après la fin des classes. Il avait trouvé un travail bien payé, loué un appartement, organisé des parties fines et goûté au plaisir de coucher avec une fille chez lui.

À l'université, les méthodes de travail lui causèrent un choc. À l'école, les professeurs, convaincus de ses dons, lui avaient fait la vie belle. Les professeurs de l'université se montrèrent intraitables dans leur exigence de travail méthodique et régulier. Ils l'aimaient bien. Il avait de la personnalité, à la différence de la masse plutôt scrofuleuse qu'ils accueillaient chaque année, mais ils avaient aussi l'habitude de jeunes gens comme lui, pétillants et hardis, qui gaspillaient leur talent et leur énergie et, à la fin, ne donnaient rien.

Onuma eut seulement l'impression que les professeurs avaient décidé de lui prouver qu'il n'était pas aussi intelligent qu'il le croyait. Mais il ne s'était jamais jugé intelligent au sens universitaire. Il ne cherchait pas à réussir aux examens avec une mention Très Bien. Cela aurait signifié entrer en compétition avec le commun des scrofuleux et il ne pouvait s'abaisser à cela. Il n'était pas non plus du type intellectuel. Il connaissait cette catégorie de jeunes gens austères, croulant sous les livres. Après des années de lavage de cerveau, ils finiraient comme profs dans un trou, et le peu d'originalité et de personnalité qu'ils avaient possédé au départ serait enfoui sous la couche des idées reçues qu'ils prenaient pour le Savoir. Il y avait sûrement un moyen d'obtenir son diplôme avec un minimum d'efforts. Le terme « diplôme » était alors la formule magique au Nigéria, une monnaie d'échange très cotée. Peu importait la manière de l'obtenir. De toute façon, les connaissances dont on se farcissait la tête seraient oubliées le lendemain et étaient parfaitement inutiles. À quoi rimait d'observer les bizarreries des phonèmes anglais ? Quel sens pouvait avoir la luxuriance des vers de Spencer pour quelqu'un qui avait grandi dans les réalités d'une terre pauvre et aride ?

Entre-temps, Onuma apprenait ce qui comptait à ses yeux. Il était déjà une vedette dans le groupe théâtral embryonnaire de l'université. Il devint un connaisseur en vins et en cigares. Il était à tu et à toi avec tous les patrons de bistrots et de bordels de la capitale. Il observait la vie sur le tas, et chaque jour il estimait en apprendre un peu plus sur les deux moteurs les plus puissants de la vie : l'argent et le sexe. Il avait pour principe que si l'on était maître de l'argent et du sexe, il était inutile d'apprendre autre chose. Effectivement, Onuma en apprit beaucoup en matière de sexe ; pour ce qui est de l'argent, ce fut une autre affaire. Il le jetait par les fenêtres chaque fois qu'il en avait. Dès sa seconde année d'université, il avait fixé son code de vie, basé sur un individualisme total et sans vergogne. L'individu n'avait qu'un seul devoir : envers lui-même, sans souci du reste du monde. Il devait s'appliquer à s'accomplir physiquement et émotionnellement, au mieux de ses dons, tout en restant du bon côté de la loi. Cependant, c'était aussi une vérité établie que l'individu ne peut s'épanouir sans une certaine coopération avec les autres. Afin d'obtenir un diplôme, le sésame pour la belle vie, Onuma devait afficher un semblant de travail et « cultiver » ses professeurs.

Ceux-ci étaient de tous les genres : quelques types bien qui associaient le savoir authentique à l'originalité d'esprit. On ne pouvait que les respecter. Et puis, bien sûr, il y avait le ramassis des laissés-pour-compte des universités anglaises qui cherchaient à se caser dans un monde moins exigeant. De ceux-là, il n'y avait pas grand-chose à tirer, d'autant plus que leur sentiment d'insécurité les poussait à dresser une barrière entre eux et les étudiants. Il y avait aussi quelques Nigérians, penauds et tristes, qui, faute d'avoir leur mot à dire dans l'Administration d'une université dirigée par des Blancs, dans leur propre pays, avaient perdu toute confiance en eux-mêmes et accepté leur infériorité. Inutile de perdre son temps avec eux. La sympathie d'Onuma allait vers les jeunes professeurs anglais qui venaient au Nigéria pour un an ou deux, et dont l'enthousiasme et l'idéalisme n'étaient pas encore altérés par des années de chicaneries universitaires, raciales et tribales.

Onuma se lia d'amitié avec l'un d'eux, du nom

de Brian. C'était un garçon doué, sorti d'Oxford et venu pour un an au Nigéria. Il était passionné par le Nigéria, car il y voyait toutes les possibilités de progression morale dont l'Angleterre et les vieilles nations industrielles n'avaient su faire preuve dans leur marche vers le matérialisme. Les vieilles nations avaient échoué. Son expression favorite était : « L'Europe est fichue » ; par là il voulait parler, non de déclin physique ou même économique, mais de faillite spirituelle. L'Afrique était une terre vierge, une *tabula rasa* sur laquelle on ne pouvait écrire que des mots purs. Les Africains tireraient une leçon des erreurs des vieilles nations et auraient la faculté d'édifier une société plus juste. Onuma aimait beaucoup Brian, mais il jugeait son idéalisme un peu naïf. Il décida de lui montrer ce qu'était réellement l'Afrique, cette Utopie en puissance.

Il emmena Brian dans tous les bordels de la capitale et il y eut bien des soirées de discussions sur l'engagement et le non-engagement, tandis qu'à côté d'eux les prostituées débattaient du prix avec les clients prospectifs.

Onuma avait peu d'amis parmi les étudiants : il était toujours chagriné par la balourdise et l'immaturité de la plupart d'entre eux. Il s'identifiait plutôt à une minorité de bons vivants, beaux garçons et insouciants. À part le fait de donner aux professeurs consciencieux des ulcères d'estomac, ils avaient un autre point en commun, l'absence de toute illusion sur le racket universitaire et la volonté de ne pas se laisser piéger. Certains de ces noceurs devaient par la suite former le noyau de l'élite de leur pays.

Afficher un semblant de travail n'est pas aussi facile qu'il y paraît. Onuma trouva ses capacités d'effort, jamais très remarquables, poussées à leur extrême limite. Finalement, vers le terme de sa carrière universitaire, quand ses camarades trimaient à préparer les examens et que ses professeurs se pourléchaient les babines, à la perspective des commentaires cinglants qu'ils allaient faire sur ses copies (Non ! Inexact ! Absurde ! Qu'est-ce que cela veut dire ? etc.), il plaqua tout.

Les autres étudiants, dans les affres de l'examen, furent d'abord tentés de sourire en apprenant que leur Prince charmant était recalé. Mais leur sourire s'estompa quand ils apprirent qu'Onuma avait déniché un emploi où il gagnait deux fois plus qu'aucun étudiant ne pourrait décemment espérer obtenir muni de son diplôme. Les jours suivants, on n'entendit que des critiques sur le cursus universitaire et ses chiches récompenses financières. Un ou deux égarés suivirent l'exemple d'Onuma, mais n'ayant pas ses dons, coururent au désastre.

Onuma était chargé des relations publiques dans une société européenne basée à Lagos. Avec son physique et son charme, il était fait pour l'emploi. Son travail consistait surtout à faciliter les rapports entre les politiciens et les fonctionnaires nigérians corrompus, et les hommes d'affaires européens qui les corrompaient. Il y avait aussi les occasions où les directeurs londoniens venaient au Nigéria et prenaient le temps de découvrir les plaisirs salaces qu'offrait la capitale. Onuma mit à leur disposition son expérience inégalée des boîtes de nuit. Il était entremetteur, homme de confiance et gigolo, tout à la fois, et ces divers rôles l'enchantaient. Six mois après avoir trouvé son travail, il sollicita et obtint un prêt pour l'achat d'une voiture. D'abord, il dut remplir un nombre inimaginable de formulaires. Ensuite, il fut convoqué au bureau du directeur, M. Karolidès.

« Je vois que vous voulez acheter une Jaguar, commença M. Karolidès.

– Oui », dit Onuma avec assurance.

M. Karolidès l'examina entre ses paupières, un peu perplexe. C'était un homme à cheveux blancs, distingué.

« Puis-je vous demander pourquoi ? » fit-il avcc un léger bégaiement.

« Ah, si on pouvait tourner un film ! » songea Onuma. Onuma ne pouvait répondre de manière magistrale que par une série de « flash-back » : première image, lui, Onuma, et une fille sensuelle et somptueuse. Gros plan sur son visage à lui, plein d'assurance. Puis la caméra descend pour suivre sa démarche un peu nerveuse, mais qui s'affermit pour affronter l'épreuve de la virilité. Ensuite, un travelling s'arrête sur la fille. Ici faites-moi quelque chose de bien ! Il faut satisfaire la concupiscence du spectateur. Séquence suivante : le garçon rencontre la fille et c'est l'espoir d'un bonheur éternel. Mais cette idylle est interrompue par l'irruption d'un satyre au volant d'une puissante cylindrée, qui, grâce à sa voiture, triomphe d'Hypérion. Pour finir, on suggérera le désir orphique d'Hypérion de descendre aux Enfers à la poursuite de son Moi volé… Panorama des rues de Lagos avec tout un assortiment de voitures. Toutes les marques y sont représentées. La Jaguar, pour des raisons évidentes, est un spécimen rare. Le script réclame aussi quelques commentaires freudiens sur la combativité d'Hypérion : comment il a toujours voulu être le premier en tout et comment, s'il n'y parvenait pas, quelque chose mourait en lui.

« Vous vous rendez compte que plus de la moitié de votre salaire passera dans le remboursement des traites?

– Je sais », sourit Onuma.

Un homme remarquable, ce M. Karolidès. Prudent, avisé, prévoyant. Bon père et bon époux, certainement. Comment lui demander de comprendre des gens qui ne vivaient que pour un moment de panache ? Un ami d'Onuma avait économisé pendant plusieurs années. Puis il avait mis tout son argent en acompte (un tiers du prix) pour une voiture de sport. Il conduisit sa superbe voiture pendant un mois et quand il fut incapable de payer le second versement, le garage reprit la voiture. Le jeune homme n'en fut pas troublé. Il lui suffisait d'avoir conduit la merveilleuse voiture pendant un mois.

« Oui, vous souriez maintenant, dit M. Karolidès. Quand nous commencerons à prélever les mensualités, vous ferez une autre tête. »

Il signa le dernier formulaire qui autorisait un organisme de prêt à avancer de l'argent à Onuma à un taux usuraire et avec la garantie de sa compagnie.

L'acquisition de la voiture paracheva l'élaboration d'une personnalité narcissique et romanesque, et Onuma retourna au village pour célébrer l'événement.

## IV

La case de sa mère était le seul endroit du village à trouver grâce à ses yeux. Tout y était parfait. Onuma trouva sa mère affairée à la cuisine.

« Tu te rends compte, mère, cela fait quinze ans que je suis parti !

– C'est long, dit Oliaku sans s'interrompre.

– Tu n'as pas changé, on te prendrait pour une jeune fille.

– Une jeune fille ! Ah, oui ! »

Oliaku éclata de rire.

« Attention à tes habits, tu ne devrais pas t'asseoir par terre.

– Aucune importance. »

Onuma avait fui sa maison neuve à toit de tôle, avec son lit de fer grinçant, et il était assis sur le lit de terre battue qui faisait le tour de la case. C'était ce lieu qui, dans son cœur, avait toujours été la maison. C'était cette pièce familière et tendrement aimée, avec ses trois lits de terre qui servaient aussi de banquettes, l'âtre avec son étagère façonnée dans le pisé et les épis de maïs suspendus au toit de chaume. Il ne l'avait pas vue depuis quinze ans, mais elle lui était aussi familière que la paume de sa main. Il en était de même pour la sauce amère qu'Oliaku était en train de préparer. Elle se rappelait que c'était son plat préféré et avait dû se donner beaucoup de mal pour le préparer. Il savait qu'elle appréciait ses compliments et n'en fut pas avare.

« Je n'ai jamais mangé de meilleure sauce.

– C'est vrai ? »

Elle était comme une jeune fille dont on louait les attraits. Pendant qu'il mangeait, elle resta assise à le regarder, heureuse et comblée. À la fin du repas il essaya de lui parler de ses activités, mais les réponses qu'elle fit montraient qu'elle ne s'y intéressait guère. Alors il fit une petite sieste, se réveillant par moments pour regarder la femme silencieuse dans le cercle paisible de la lampe à huile.

## V

Onuma se réveilla dans une chambre nue à faire pleurer. C'était son troisième jour à Aniocha. La pièce offrait un tel contraste avec celle où il couchait les jours précédents qu'il se sentait perdu. Il n'arrivait pas à s'organiser. D'abord, il avait besoin d'un bain. Puis, il se rappela l'installation rudimentaire pour la toilette. On avait aménagé au fond de la cour un petit espace avec des bambous et des feuilles de palmiers. Il fallait y porter un seau d'eau. Puis, debout sur le sol humide, on devait s'asperger tout le corps. Onuma préféra se passer de douche, au moins pour ce jour-là.

Depuis sa véranda de ciment grossier, il pouvait voir *l'obi* se remplir. On n'allait pas tarder à le réclamer. Il se hâta de passer une de ses robes de chambre, la plus simple, élégante cependant, et entra dans *l'obi.* Udemezue, flanqué de Magic, était assis au centre d'un groupe d'hommes rustiques et costauds.

« Voilà les journaliers. » D'un geste négligent, Udemezue désigna le groupe qui comptait une vingtaine d'hommes. La plupart portaient un pagne, quelques-uns un short déchiré. Ils étaient accroupis sur la banquette de terre qui entourait *l'obi.* C'étaient des ouvriers agricoles recrutés dans une zone aride du pays. Udemezue en avait employé un assez grand nombre pendant une saison, en les payant au mois, mais au bout de deux mois, il avait cessé de les payer. Les ouvriers avaient continué à travailler pendant encore quelques mois. Et à la fin de la saison, pendant la moisson, ils avaient réclamé leurs arriérés, mais Udemezue avait donné à chacun d'eux quelques ignames en leur disant : « L'argent, c'est très bien, mais vous voulez avoir votre propre ferme ; alors, si on considère le prix des ignames, qu'est-ce que vous pouvez faire avec de l'argent ? » Les journaliers intimidés avaient accepté les ignames, mais à peine hors de portée de leur patron l'avaient maudit avec vigueur.

Une nouvelle saison de semailles devait débuter après la première fête de l'igname et Udemezue les avait convoqués pour leur donner ses instructions.

« Vous connaissez tous la plantation où vous avez travaillé pour moi ? Vous allez y retourner. La semaine prochaine, je vous distribuerai la semence et je viendrai faire mon inspection. Et je veux cette fois un meilleur travail. »

Les hommes restèrent assis, maussades et circonspects. À la fin, quelqu'un qui semblait le meneur laissa entendre que les termes du contrat n'étaient pas clairs.

« Les termes ? dit Udemezue. Quels termes ? » Il jeta un regard en biais du côté de Magic et d'Onuma. Il aimait avoir des supporters quand il traitait d'affaires si délicates. Magic saisit la perche et éclata de rire.

« Quels termes ? redit Udemezue d'un ton sévère.

– L'argent ! rugit le meneur à bout de patience. Est-ce qu'on va nous payer, oui ou non ? Nos femmes et nos enfants souffrent et tout augmente. On en a assez ! »

Udemezue attendit qu'il s'arrête, avec cette expression amusée réservée à un caprice d'enfant. Quand le journalier eut terminé dans un bredouillage incohérent, il dit d'une voix douce et méprisante :

« Est-ce que j'ai dit que je ne voulais pas te payer ? Pourquoi fais-tu toutes ces histoires ?

– Ce n'est pas ça, maître, dit un autre journalier en essayant d'amadouer Udemezue ; c'est seulement que la vie est dure, très dure.

– Travaillez comme il faut, dit Udemezue, ne vous occupez pas du reste et vous aurez votre dû. »

Les ouvriers se levèrent et partirent en traînant les pieds, murmurant entre eux.

Udemezue était satisfait du résultat de la discussion ; il n'avait pas eu besoin de les rudoyer. Ils savaient bien qu'il avait barre sur eux. S'ils refusaient de travailler, on les renverrait dans leurs régions de famine.

« Les imbéciles ! s'esclaffa Magic. C'est bien d'eux de penser d'abord à la récompense, quand ils devraient penser au travail à faire pour la mériter ! »

Onuma avait admiré et approuvé la manœuvre de son père, tout en se disant que s'il avait été seul, il les aurait davantage bousculés.

« Qu'est-ce que tu dis de ta maison ? » demanda Udemezue. Onuma comprit que le vieil homme attendait un compliment et répondit :

« Oh, elle est neuve et très bien.

– Mais ce n'est rien comparé à ce que tu as à Lagos, ajouta Magic.

– Oh, toutes les maisons se valent, tant qu'on a un toit pour s'abriter de la pluie et du soleil », mentit Onuma.

Udemezue ne fut pas trop satisfait de cette réponse mais il continua de priser placidement. Onuma vit qu'il avait perturbé le vieil homme et pour l'apaiser lui demanda quels préparatifs il avait faits pour la fête en l'honneur de son retour.

Cela plut à Udemezue, mais par souci de dignité il n'en laissa rien paraître.

La fête devait avoir lieu le dimanche suivant, dans trois jours, et selon Udemezue ce serait le plus grand événement du district. Elle durerait cinq jours. Chaque jour on consommerait une vache, des chèvres et des poulets. Presque toutes les femmes d'Aniocha étaient déjà occupées à cuire le manioc et les tireurs de vin de palme étaient à l'œuvre.

« J'ai tout dépensé, dit Udemezue, il va falloir que tu m'aides. »

Tout l'argent, bien sûr, provenait d'Onuma, mais il était de rigueur d'entretenir la fiction que la fête était offerte par le vieil homme.

Le dimanche matin, Onuma fut réveillé par son petit frère Philippe, un gamin de dix ans considéré comme le futur intellectuel de la famille.

« Bonjour », dit le petit en anglais. Onuma répondit en ibo.

« Oh, Philippe, comment ça va ? Tu as bien dormi ?

– Le père vient à l'église, dit Philippe tout excité.

– C'est ce qu'on m'a dit, bâilla Onuma mal réveillé. Est-ce que tu veux cirer mes souliers, Philippe ?

– Oh, oui. »

Tout en s'activant, Philippe babillait sans arrêt.

« Monsieur le curé n'habite pas ici. Il habite à

Isu mais il vient un dimanche sur deux pour la messe. Aujourd'hui, c'est notre tour. Et je vais servir la messe. Je connais tous les mots de la messe.

– Récites-en quelques-uns.

– D'accord ; écoute. » Il s'arrêta de frotter pour se concentrer. « *Credo in unum Deum, Patrem omnipotentem, factorem caeli et terrae, visibilium omnium et invisibilium.*

– Qu'est-ce que ça veut dire ? demanda Onuma. Dis-le en anglais.

– C'est seulement les mots de la messe. Il faut les apprendre par cœur.

– Est-ce que tu sais dire le "Je crois en Dieu" ?

– Je crois en Dieu Tout-Puissant, Créateur du Ciel et de la Terre…

– C'est ça que veulent dire les mots de la messe ! On ne te l'a pas dit ?

– Non.

– Eh bien, tu devrais aller discuter avec le curé. »

Philippe éclata de rire. Apparemment, l'idée d'aller braver le curé lui paraissait le comble de l'audace. Il avait bien nettoyé les chaussures et attendait d'autres instructions.

« Tu veux aller te laver ? demanda-t-il.

– Oui.

– Je vais te montrer. On a une salle de bains neuve pour toi. »

Le gamin apporta un seau d'eau dans la cabine de bambou et attendit en bavardant derrière la porte pendant qu'Onuma se lavait.

Une fois habillé, Onuma alla inspecter sa voiture. Sa mère l'attendait, portant le *buba*[1] bariolé et le pagne qu'il lui avait envoyés quelques mois auparavant. Onuma l'installa à l'arrière et partit appeler son père.

La joie d'Udemezue à la perspective d'aller à l'église surprit tout le monde. Il n'était pas encore devenu chrétien, mais aller à l'église pour en mettre plein la vue à ces bigots prétentieux séduisait son âme de grand seigneur. Quand Onuma entra dans *l'obi,* il le trouva en train de nettoyer certains attributs de *l'ozo* qu'il n'avait pas portés depuis un certain temps.

Une tête surgit à travers le toit. C'était Magic. Depuis le retour d'Onuma, Magic avait rempli les fonctions de factotum chez Udemezue. Il venait de grimper à une échelle pour décrocher un *ozala*[2] qui était suspendu aux poutres de *l'obi.* L'énorme défense d'éléphant fut descendue lentement et posée à côté des dieux de la famille, tout rabougris par le temps.

Bientôt Udemezue sortit de *l'obi,* précédé de

---

[1] *Pagne de femme. (N.d.T.)*

[2] *Défense d'éléphant. (N.d.T.)*

Magic qui portait *l'ozala* de cérémonie. On eut du mal à le caser dans la voiture. D'abord, on essaya le coffre, mais celui-ci n'était pas assez grand. Enfin, Magic réussit à le glisser sur le plancher, sous le siège avant.

Udemezue s'assit à l'arrière. Discrètement, Magic monta à côté du conducteur. Mais au moment de démarrer, Onuma remarqua Philippe qui les observait de ses grands yeux.

« Viens avec nous, Philippe, dit-il.

– Non, il peut marcher ; allez, mon garçon, va avec tes frères », ordonna Udemezue.

Mais Onuma ne put résister à ces grands yeux pensifs.

« Il peut s'asseoir à côté de moi ; viens, Philippe. »

Pour finir, il fallut trouver une place pour la canne de *l'ozo*. Udemezue la tint à l'horizontale, la pointe dirigée vers le tableau de bord. Mais c'était une posture incommode à garder, surtout quand le petit Philippe occupa la place entre les deux sièges avant. Il fallut alors la placer dans le sens de la largeur avec sa pointe de bronze dépassant par la vitre arrière. Elle resta dans cette position pendant tout le trajet, objet d'étonnement pour les badauds et danger pour les piétons et les cyclistes.

La Jaguar dorée fit sensation. Ce n'était pas la seule voiture arrêtée devant l'église, mais c'était la seule voiture neuve. Toutes les autres étaient des modèles anciens, appartenant à des commerçants des villes voisines qui étaient venus passer le dimanche à Aniocha. Les fidèles étaient à leur place et on attendait le prêtre d'une minute à l'autre.

Au moment d'entrer à l'église, Oliaku chuchota quelque chose à l'oreille de son fils. Magic, toujours à l'affût, avait deviné ses paroles et secoua vigoureusement la tête comme pour approuver.

« Qu'est-ce qu'il y a ? demanda Udemezue.

– Oh, le denier du culte », dit Onuma en tendant de l'argent à Magic qui pénétra majestueusement dans l'église.

Peu après, apparut le catéchiste, un petit homme bedonnant au crâne lisse et brillant, rayonnant et plein d'onction.

« Loué soit Dieu et la Vierge Marie ! Le chef Udemezue a enfin vu la Lumière ! Soyez les bienvenus. »

Il serra la main d'Onuma mais se désintéressa vite de lui pour s'occuper de son père. Les emblèmes de *l'ozo* lui parurent d'abord durs à encaisser. La canne que tenait Udemezue ainsi que *l'ozala* lui semblaient des symboles un peu trop teintés de paganisme, mais le catéchiste décida que ce ne serait pas raisonnable de chercher la petite bête.

Udemezue accepta ses attentions sans commentaire. Il se rappelait les nombreux efforts faits par diverses sectes pour le convertir, et comment il avait toujours traité ces tentatives avec un profond mépris.

Tous les bancs de la petite église étaient occupés et pour faire place aux arrivants, le catéchiste dut faire évacuer toute une rangée, à la fureur d'un jeune chauffeur de taxi ambitieux qui appartenait au même groupe d'âge qu'Onuma et fut vexé de voir qu'on donnait la préférence à ce dernier. Il fallut lui trouver une place au fond de l'église où, pendant tout l'office, il fut le centre d'un noyau bruyant de contestataires.

Peut-être à cause de la présence exceptionnelle d'un des chefs du village, le catéchiste ne ménagea pas son zèle. Son autorité avait toujours été incontestée. Par son énergie évidente il éclipsait le prêtre blanc qui officiait ; mais aujourd'hui il était partout, faisant taire les bavards, réglant les différends sur la propriété des places, prenant la direction de la chorale et couvrant de sa voix de stentor celle des jeunes choristes. Au moment du sermon, il traduisit les paroles du prêtre en ibo, simplifiant les dogmes trop difficiles à comprendre, ajoutant un commentaire de son cru sur ses dadas favoris ou contre ses ennemis préférés. Après le départ du curé, il se lança dans sa propre prédication et ce ne fut pas une mince affaire. Finalement, il annonça qu'il était habilité par le prêtre à déclarer que la messe de ce jour était dite pour remercier Dieu d'avoir ramené sain et sauf parmi les siens « notre frère Onuma, fils du chef Udemezue Okudo », et d'avoir révélé la Lumière au chef lui-même.

À la fin de la messe, Onuma et son père furent conduits au conseil paroissial. Magic, toujours présent et ne laissant échapper aucune occasion, les suivit.

Le plus en vue des conseillers était un homme connu sous le nom de Tailleur, parce que c'était son métier. C'était un individu grand et maigre dont le visage sévère s'ornait d'une moustache hérissée. Onuma se rappelait comment Tailleur terrorisait les enfants. Il était le père fouettard des tire-au-flanc. Si on manquait une séance de catéchisme ou si on coupait aux corvées du samedi, Tailleur ne se faisait pas faute de le découvrir. Et il n'hésitait pas à se servir du fouet, bien que ce ne fût pas spécialement dans ses attributions.

Avec l'âge, Tailleur s'était adouci. Onuma crut le surprendre une fois ou deux en train de lui lancer des clins d'œil coquins. Et quand on en vint aux applaudissements pour celui qui avait si bien réussi à la ville, c'est lui qui fut le plus enthousiaste.

Le catéchiste décida que la famille Okudo avait eu suffisamment la vedette et qu'il était temps de donner aux conseillers tout leur saoul de palabres. Le temps que durèrent celles-ci, Udemezue resta silencieux. Il aurait été agacé s'il n'avait considéré tout ce cérémonial comme un hommage à Onuma. Mais pour le jeune homme, être porté aux nues par ces vieillards qui l'avaient autrefois intimidé était grisant, et dans un moment d'exaltation il se leva et annonça un don de cinquante livres pour l'église. Son offre provoqua une véritable commotion. Les conseillers se levèrent en désordre, s'embrassant, se serrant la main, se donnant des tapes dans le dos, et quand les visiteurs rejoignirent la voiture dehors, ce fut presque l'émeute. Avant que le calme ne revienne, Magic et Tailleur avaient commencé à se chicaner pour les places dans la voiture.

« Est-ce que tu es jamais monté dans une voiture ? demanda Magic.

– Depuis quand es-tu de la famille Okudo ? gronda Tailleur.

– Si tu poses un pied dans cette voiture, je... je... je ne sais pas ce que je vais te faire... je te garantis...

– Ha, ha, ha ! »

Onuma rétablit la paix en les faisant monter tous les deux, l'un devant et l'autre à l'arrière, entre ses parents. Mais pendant un moment ils continuèrent à se foudroyer du regard, jusqu'à ce que le confort de la voiture chasse leur bile.

Une foule les attendait à la maison. *L'obi* était rempli de monde. D'autres étaient couchés à l'ombre des arbres de la cour. C'étaient surtout des hommes de l'*umunna* et des parents venus des autres villages pour le festin de la vache. Dès qu'Udemezue fut assis, les femmes vinrent à tour de rôle lui présenter les quartiers de viande. Certains morceaux par tradition revenaient aux anciens de l'*umunna.* Udemezue devait s'assurer que ces morceaux étaient intacts. Nweze, lui-même très affairé, était là pour le conseiller. Udemezue n'avait guère d'affection pour ses pairs, mais il allait veiller à ce qu'ils reçoivent tous leur dû. Le vieil Imedu reçut sa part et injuria copieusement Udemezue. Un seul membre de la famille Okudo semblait à l'abri de la vindicte du vieillard. C'était Oliaku. Elle venait d'entrer et traversait *l'obi,* quand le vieil Imedu l'interpella :

« Mère, est-ce que nous avons de la bonne sauce amère dans cette maison ?

– On fait de son mieux, répliqua-t-elle avec un petit rire.

– Tu es une brave femme, pas comme un de ces brigands. Udemezue Okudo, je te crache à la figure. »

Et sur ces mots, il enfonça ses dents branlantes dans un énorme morceau de viande.

Onuma avait emmené quelques jeunes gens dans sa chambre. L'un d'eux était le « révolutionnaire », le chauffeur de taxi ambitieux qui avait été chassé de sa place à l'église. Il s'appelait Chukwuemeka, abrégé en Chuks, selon la nouvelle mode. Il s'était radouci après quelques verres de bière et maintenant il taquinait Onuma.

« Parle-nous des filles de Lagos, lui demanda-t-il.

– Elles sont sensationnelles et on peut les avoir pour presque rien ; et ce sont de bonnes baiseuses. »

Quelques gros rires fusèrent. Il y eut un brouhaha du côté de *l'obi.* On entendit une voix de femme crier :

« On ne m'a rien dit, mais il faut que je sache. On ne peut rien me cacher. »

Une grande et belle femme se tenait au milieu de la cour, les yeux accusateurs fixés sur Udemezue. C'était sa sœur Chijiokie qui s'était mariée à la ville voisine. Tous les hommes se retournèrent pour lui sourire respectueusement :

« Bienvenue, ma fille », dirent-ils pour l'attendrir.

Mais elle s'adressa à son frère comme s'ils n'étaient pas là.

« Où est mon fils ? notre fils, si tu préfères ? »

Udemezue désigna la maison au toit de tôle.

« Alors, c'est là que tu te caches ? » Elle partit à grands pas vers la maison d'Onuma en criant : « Montre-toi, jeune homme. »

Onuma sortit, un peu éméché.

« Allez, baisse-toi », ordonna-t-elle.

Il se baissa légèrement et elle lui tapota le dos. « Voilà comme le petit garçon a grandi ! Et maintenant, où est ma part de viande ? »

Onuma rentra dans la maison et en ressortit avec un coupon de velours.

« Regardez mon cadeau, espèces de grippe-sous, cria-t-elle en brandissant le tissu. Vous ne pouvez pas m'empêcher d'avoir de la chance, hein ? »

Elle se mit à danser au milieu des acclamations, puis rejoignit les hommes dans *l'obi* et monopolisa toutes les conversations.

L'*umunna* était au complet. Le grand moment allait être la cérémonie des libations en l'honneur de la voiture.

La Jaguar avait été amenée près de *l'obi*. Pareille à un totem géant, ornée de guirlandes de fleurs, elle attendait dans une immobilité royale. Toute la famille s'appliquait maintenant à se pénétrer de componction, quand l'atmosphère de solennité fut rompue par le vieil Imedu qui, se redressant en vacillant sur ses jambes, pointa un doigt accusateur en direction d'Onuma et cria : « C'est mon fils !

– Bien sûr, c'est ton fils », dit la mère d'Onuma en essayant de calmer le vieillard.

Mais cette intervention ne fit que le rendre plus violent.

« C'est lui qui doit me succéder, cria-t-il, montrant toujours Onuma du doigt. C'est maintenant lui le gardien du sanctuaire, le maître des festivités, la santé de la moisson, le purificateur de l'eau. Saluez le prêtre du sanctuaire !

– Ça suffit, vieillard, coupa Magic.

– Et toi, continua Imedu en se tournant vers Magic avec hargne, fils d'un bon à rien, bâtard d'un clan bâtard, essaye de m'interrompre quand je suis en train de transmettre mon *ofo*[1] à mon successeur ! Je suis déjà mort, mon esprit m'a quitté hier soir avec le cri de la chouette et il s'est envolé ce matin dans les couleurs de l'arc-en-ciel. Mais mon fils est vivant… Je suis las, mais il est vivant. Mon fils est le prêtre du sanctuaire et vous lui devez le respect. »

Son discours se termina dans un bafouillement inintelligible et le vieil homme se laissa choir dans un siège vide.

---

[1] *Canne de chef. (N.d.T.)*

Cet éclat avait jeté un froid sur la cérémonie.

Pour commencer la libation, on choisit une « boisson forte ». Tout le monde fut d'accord pour juger qu'une « boisson forte » – whisky, cognac, schnaps ou gin – serait plus efficace que le vin de palme. « La voiture décréta Magic, ne peut pas boire du vin de palme. Ce ne serait pas digne d'elle. » Puis suivit une série de discours où des membres du clan, à des degrés divers d'ébriété, firent l'éloge de ce clan assez fortuné pour posséder cette voiture merveilleuse.

« À partir d'aujourd'hui, déclara le bouvier, nous sommes les plus grands. Le clan qui prétend être notre égal peut venir se faire voir ! » Et tout le monde d'applaudir.

« Je m'en vais, annonça le vieil Imedu à la fin des acclamations ; vous pouvez aller manger votre merde. » Et il envoya en l'air un gros crachat. « Je suis le prêtre du sanctuaire, et si Udemezue dit le contraire, il peut manger sa merde. »

# VI

La fête était finie. Des centaines de gens venus des cinq villes étaient repartis, en emportant de la viande et en louant le nom d'Udemezue. Dans la concession, les jeunes gens embauchés pour servir avaient beaucoup sué à maintenir la paix entre les clans rivaux qui se chamaillaient pour certains morceaux de la bête.

Onuma poussa un ouf. Quelques jours plus tard, il songea à faire la tournée du village. Il n'avait pas beaucoup regardé les lieux, mais maintenant il fut frappé par leur délabrement. La plupart des maisons tombaient en ruine et personne ne semblait penser à les reconstruire. Peut-être la saison sèche accentuait-elle encore ce dépouillement de la campagne. Beaucoup des grands irokos avaient perdu leurs feuilles et certains champs avaient brûlé. Les villageois avaient un aspect lugubre et famélique. C'étaient surtout des vieillards et des enfants. Les jeunes gens étaient tous partis à la ville. Onuma eut du mal à reconnaître dans ce village fantôme le cadre luxuriant de son enfance.

Rouler dans les rues du village était malaisé,

car elles étaient envahies par l'herbe. À Noël, quand les jeunes gens revenaient de la ville, ils remettaient les routes en état, mais dès qu'ils avaient tourné le dos, la brousse reprenait le dessus.

Onuma fit sa première visite à un homme riche, nommé Dilibe, pour la simple raison que l'accès de sa maison était le plus facile. *L'ozo* était absent, mais les femmes et les enfants furent ravis de le voir. La première épouse à qui il se présenta, une grosse personne, noire comme du charbon, lança le signal et toutes accoururent à sa case en criant : « Qu'est-ce que tu nous as apporté de Lagos ?

– Je suis venu goûter votre sauce amère ! » dit-il.

Elles éclatèrent de rire et continuèrent à le taquiner. Il leur donna la réplique, joua avec les enfants et repartit.

Ma foi, il s'en était bien tiré après tout. Il soupira d'aise. Sa seule objection était que ces femmes exhibaient une poitrine obscène. Il ne connaissait rien de plus hideux que ces seins avachis et pendants de villageoises.

Comme il sortait d'une autre de ses visites, il vit quelqu'un appuyé familièrement contre sa voiture. C'était Magic.

« Tu te balades ? fit Magic avec un sourire.

– Oui », répondit Onuma en s'engouffrant

dans sa voiture. Mais Magic, d'une main aimable mais ferme, le retint.

« Ça, c'est entre toi et moi, commença-t-il d'un ton de conspirateur. Je n'en ai pas parlé à ton père parce que je ne suis pas certain qu'il puisse le comprendre. Tu sais, ils sont un peu vieux jeu. »

Onuma commençait à s'impatienter mais Magic n'était pas pressé.

« Voilà de quoi il s'agit : est-ce que tu es bien protégé ?

– Qu'est-ce que tu veux dire par "protégé" ?

– Tu as besoin d'être protégé contre les accidents, contre tes ennemis. Le monde d'aujourd'hui est mauvais. Personne ne veut du bien à son prochain. Et si tu n'es pas protégé, ils t'auront.

– Mais j'ai toutes les protections qu'il me faut, répliqua Onuma en bombant le torse.

– Oui, tu sais te défendre contre ce que tu vois ; mais ce que tu ne vois pas ? Est-ce que tu sais te défendre contre le mauvais œil, dis-moi un peu ?

– Qu'est-ce que c'est le mauvais œil ? » demanda Onuma amusé.

Magic, ne sachant apparemment pas donner de réponse, éluda la question.

« On peut choisir parmi plusieurs remèdes et je ne suis pas cher. Je peux te procurer un anneau magique d'Arabie ou de l'huile sacrée du Gange. »

Onuma avait déjà entendu ce genre de discours et savait à quoi s'en tenir. Il se dégagea de Magic et mit la voiture en marche. Il démarra, poursuivi par la voix de Magic qui essayait de le suivre à pied : « Ne te moque pas de l'*ogwu*. Les hommes politiques, les professeurs, les étudiants ne peuvent rien sans l'*ogwu*. Prends garde au mauvais œil. »

Onuma se réjouissait de sa visite suivante car cette maison était liée pour lui à des souvenirs agréables. Elle appartenait à Ire, une très vieille femme qui en son temps avait été célèbre pour son verbe. Son nom était devenu proverbial et quiconque avait la langue un peu trop bien pendue était surnommé « Ire ». Elle-même avait souvent la dent dure mais on ne se plaignait pas d'être sa cible, car Ire n'avait aucune méchanceté. Elle avait un faible pour la jeunesse et même si elle réprimandait sans pitié, finalement elle laissait toujours les enfants prendre les oranges et les poires de son jardin.

Onuma fut consterné et attristé de trouver la fameuse langue muette. Ire était toujours en vie, mais dans un triste état de décrépitude. Sa bru, assez âgée, elle aussi, était avec elle et quand on annonça Onuma, Ire n'eut pas l'air de le reconnaître.

« C'est le fils de qui ? fit-elle en le dévisageant.

– C'est le fils de l'*ozo* Udemezue Okudo. Mère, tu le reconnais sûrement. Il aimait tellement les oranges. »

Ire sembla se ragaillardir pour sortir une de ses célèbres plaisanteries, et Onuma fut heureux de constater un sursaut de l'ancienne flamme.

« Pourquoi porte-t-il une barbe ?

– C'est la nouvelle mode des jeunes », plaisanta la belle-fille.

Mais Ire s'en désintéressa aussitôt.

« Les autres sont dans la maison de devant », chuchota la belle-fille.

Les autres étaient le mari et les enfants qui vivaient dans une case neuve, sur le devant de la concession. La salle commune semblait vide quand Onuma entra. Il frappa dans ses mains et une voix impatiente de jeune fille demanda : « Qui est là ? »

Onuma ne répondit pas mais frappa à nouveau dans ses mains. « Entre ici, ne reste pas là à frapper dans tes mains », cria la voix.

Onuma ouvrit la porte de la pièce d'où venait la voix et se retrouva dans une chambre à coucher. La jeune fille était couchée dans un lit-cage, immobile. Elle releva légèrement la tête et dit :

« Ah, c'est toi ! Assieds-toi. »

Elle s'appelait Rita. Onuma avait le souvenir d'une fillette maigrichonne et gauche, mais elle s'était joliment étoffée et elle avait cet éclat qui, il le savait d'expérience, est la marque d'une nature passionnée. Onuma avait trop le goût des femmes pour se laisser déconcerter par cet accueil plutôt frais. C'était probablement la technique qu'elle avait adoptée avec les hommes. Ou peut-être s'était-elle ennuyée toute la journée sans compagnie. Il lui fit un sourire charmeur, refusant de prendre sa mauvaise humeur au sérieux. Petit à petit, elle commença à s'intéresser : « Quand es-tu revenu ?

– Il y a quelques jours.

– Oh », fit-elle dans un bâillement. Elle lui apprit qu'elle était maintenant institutrice dans un village et qu'elle était rentrée pour les vacances. Sa plus jeune sœur, qui était à la maison, se préparait aussi à devenir institutrice. Il lui parla de Lagos.

Le soir faisait lentement place à la nuit, et Onuma lui proposa une promenade en voiture.

« D'accord, mais il faut que je m'habille.

– Est-ce que tu veux que je sorte ?

– Et toi ? » Elle eut un sourire protecteur.

« Non, tu crois que je n'ai jamais vu de femmes nues ?

– Tu es pourri, remarqua-t-elle négligemment, pourri jusqu'à la moelle. »

Sans la moindre once de gêne, elle enleva la robe chiffonnée qu'elle avait traînée dans la maison et se tint devant lui en slip et soutien-gorge. Onuma saisit brusquement un magazine et se mit à lire.

« Dis-moi quand », fit-il. Un instant après, elle dit : « Ça y est. » Ils allèrent à la voiture. « Oh, c'est une Jag », dit-elle, toute émue.

Onuma fut décontenancé. Il croyait que tout le monde était au courant. Sûrement toute la ville avait défilé dans la cour d'Udemezue pour contempler la fameuse voiture. Certains étaient même venus de plus loin.

Mais elle devança sa question. Elle avait été absente, expliqua-t-elle. Avec un pincement de jalousie, Onuma se dit tout à coup qu'elle avait dû coucher avec un autre homme. Mais ça lui était égal, puisque maintenant elle était à lui. Elle lui suggérait son abandon et sa totale soumission de toutes sortes de manières. Quand il la regardait, elle lui faisait un petit sourire craintif, comme pour dire : « Tu peux faire tout ce que tu veux avec moi. »

La Jaguar, le luxe et la puissance derrière ce luxe, l'avaient conquise et vidée de toute volonté. Elle ne pouvait lui résister, même si elle l'avait voulu. Et elle ne le voulait pas. Elle était ravie, comblée, en paix avec le monde. Onuma connaissait ce genre de réaction, mais il ne se lassait pas de s'en émerveiller. Le pouvoir d'une voiture sur une fille ! Mais pourquoi chercher à analyser et disséquer le phénomène au lieu de se contenter d'en jouir ? se dit-il.

Onuma se dirigea vers une route secondaire déserte qui desservait le village éloigné d'Obunagu.

« Tu m'emmènes où ? demanda-t-elle.

– Tu n'as rien à craindre.

– Je le sais bien. »

À un certain point de la route il y avait une clairière entourée de manguiers. Il y entra.

La nuit était tombée subitement, et même Onuma était impressionné par le vide immense de la nature autour d'eux.

Tout à coup une longue plainte monta de ce qui semblait être le toit de la voiture. La fille s'agrippa à lui en pleurnichant presque.

« Qu'est-ce que c'est ? » demanda-t-elle, apeurée.

Onuma tendit l'oreille :

« C'est seulement un tam-tam, là-haut dans les collines.

– Oh, fit-elle un peu rassurée, rentrons.

– Tu n'as rien à craindre.

– S'il te plaît, Onuma, rentrons. »

Il la serra dans ses bras, lui mordit la lèvre et s'en délecta. Elle se blottissait contre lui et chercha sa langue avec une science experte.

« Qu'est-ce que tu veux me faire ?
– Devine.
– Tu veux me baiser ?
– Oui.
– Je le sais bien, tu vas me saloper et me laisser en plan. Je le sais. »

Onuma fut un peu interloqué par la passion de sa voix. Mais il ne se laissa pas arrêter. Il l'entraîna à l'arrière de la voiture et elle le suivit docilement. Quand ils y furent installés, elle lança négligemment ses chaussures, en silence, puis, avec une grâce quasi rituelle, elle enleva sa robe et s'allongea sur la banquette. Dans l'obscurité, Onuma pouvait distinguer ses yeux qui l'observaient avec une curiosité triste. Quand il la pénétra, elle eut un frisson au contact de son corps, quelques soubresauts convulsifs puis elle devint toute molle.

« Quel coup ! se dit-il sur le chemin du retour. Quel exercice dérisoire ! » Il la regarda, dépité. Elle s'était assoupie, ses lèvres humides légèrement entrouvertes.

« Jolie garce, bien trop douce et bien trop facile », se dit-il. Mais son ressentiment fut de courte durée. Car en regardant ses rondeurs parfaites et l'éclat sensuel de sa peau il fut à nouveau sous le charme. Il eut à nouveau envie d'elle. Il se pencha sur elle, lécha ses lèvres entrouvertes puis concentra son attention sur la route.

## VII

Onuma couronna les réjouissances en assistant à un bal à Isu, le chef-lieu. Les bals avec orchestre étaient parmi les nouvelles modes importées de la ville. Dans la foulée des stations-service et de l'eau au robinet, avec tous ces progrès, la petite bourgade d'Isu, stagnante et assoupie, était devenue une ville florissante. Sa première étape vers la prospérité avait été, il y a une vingtaine d'années, la construction des trois symboles de la civilisation : un bungalow administratif jouxtant un terrain de sport pour les défilés et les kermesses, un bureau de poste et un commissariat avec une prison. Puis avaient suivi deux lycées, pour filles et garçons et, finalement, une ferme expérimentale. Des petites maisons blanchies à la chaux et chapeautées de tôle vinrent essaimer autour de ces édifices officiels. Et les fonctionnaires qui les occupaient formèrent la bourgeoisie locale. Ils gagnaient plus d'argent que quiconque et il fallut inventer de nouvelles distractions pour les aider à le dépenser. Un ou deux bars sortirent de terre, ainsi qu'un ou deux lupanars. Le marché aussi se perfectionna. Les jeunes gens des villages environnants qui étaient devenus trop savants pour pousser la charrue après avoir passé le certificat d'études, devinrent réparateurs de vélos, coiffeurs, bouchers, marchands de tissu. C'est à cette époque aussi qu'on parla d'un projet d'électrification, ultime symbole du standing pour une ville qui avait réussi.

Le bal auquel se rendit Onuma était organisé par le dynamique propriétaire de l'hôtel Royal Dandy qui possédait un orchestre permanent. Selon les prospectus lancés tout le long de la route du haut des camions, le bal devait commencer à huit heures, mais compte tenu des notions fantaisistes de l'heure à la campagne, Onuma se mit en route à dix heures. Juste comme il sortait d'Aniocha, son attention fut attirée par des sortes de braiements répétés. Il s'arrêta. Deux jeunes gens hors d'haleine couraient vers lui. Il reconnut Chuks, le chauffeur de taxi.

« Tu vas au bal ? demanda Chuks.

– Oui, dit Onuma. Où est ton taxi ?

– Tombé en panne ; en réparation ; on va avec toi. »

Chuks soufflait comme un phoque. Son compagnon était un petit jeune homme poilu qui portait une sorte de veste de cuir et avait la bouche fendue d'un sourire perpétuel.

« Montez », ordonna Onuma.

Chuks se glissa sur le siège avant et son compagnon monta à l'arrière.

« On a attendu l'autobus toute la soirée, dit Chuks toujours soufflant. À la fin on a décidé d'aller à pied.

– Huit kilomètres ! s'écria Onuma incrédule.

– Pas la peine de la ramener, répliqua le "révolutionnaire". Quand tu n'avais pas de voiture, tu marchais bien plus que ça. »

Son acolyte éclata de rire. Il semblait rire à tout propos.

« Je vois que tu n'as pas amené de fille, continua Onuma tout en roulant.

– Pas besoin, souffla Chuks. Les musiciens amènent leurs filles et on peut choisir dedans. Des chouettes filles de la ville.

– Ha, ha, ha ! » fit le passager arrière.

Tout Isu semblait assister au bal. Dans la salle de l'hôtel de ville, entourée d'une palissade de bambous et de feuilles de palmiers festonnée d'ampoules de couleur qu'alimentait un générateur mobile, il n'y avait pas place pour tout le monde. Quand Onuma et ses amis arrivèrent, la petite porte où l'on acquittait son droit d'entrée était bloquée par des grappes de gens qui se battaient pour entrer. Les notables locaux, un magistrat, un ou deux avocats, quelques riches commerçants, se tenaient à l'écart et bavardaient en petits groupes polis et distingués. Le premier mouvement d'Onuma fut de les imiter, mais Chuks et son ami étaient déjà dans la mêlée. Onuma les suivit, jouant des coudes et des poings. Après avoir lancé son argent à un contrôleur en nage, il fut catapulté sans cérémonie, la veste à demi arrachée, dans une cohue disparate. La piste de plein air regorgeait de monde. Les musiciens, déguisés en peaux-rouges, se tenaient à une extrémité. Le chef d'orchestre, à la fois trompette et chanteur, poussait la vraisemblance jusqu'à porter un tomahawk en bandoulière. Il exécutait toutes sortes de pitreries, se couchant presque à terre quand il jouait de la trompette, la tête rasant le sol, se balançant d'un côté à l'autre sous les acclamations ravies de l'assistance. Le premier geste de Chuks fut de se précipiter vers le bar pour s'acheter une bouteille de bière. Puis il fit lc tour de la salle en buvant au goulot, et en en versant de temps en temps dans le verre de son copain. Onuma préféra d'abord observer les danseurs pour se choisir une cavalière. Il se tenait dans un coin comme une araignée guettant sa proie. Il fut vite l'objet de la curiosité des femmes. Il en remarqua plusieurs qui entraînaient leur cavalier de son côté. Il était passé maître à ce jeu. À celles qui le laissaient indifférent, il faisait une petite courbette avec un tendre sourire. Envers celles qui l'excitaient, il adoptait une attitude de hautain détachement. Il n'avait pas encore fixé son choix quand Blouson de cuir fonça sur lui. Onuma lui donna une livre pour acheter de la bière. Blouson de cuir alla au bar, tendit l'argent et revint avec une bouteille de bière.

« Où est la monnaie ? demanda Onuma d'un ton sec.

– La monnaie ? » dit Blouson de cuir, amorçant son gros rire.

Onuma le poussa vers le bar avec Chuks filant derrière. La buvette était tenue par plusieurs serveuses effarées, sous la houlette d'une grosse femme adipeuse, patronne d'un des bordels d'Isu. En plus de la bière et de la limonade, on y vendait aussi des poulets frits. Elle venait d'en servir un et s'essuyait les mains sur son tablier quand approchèrent les trois jeunes gens. Elle leur lança un sourire engageant, en leur offrant une vue plongeante sur sa volumineuse poitrine débordant de son corsage très décolleté.

« Vous ne m'avez pas rendu la monnaie, expliqua Onurna.

– Qui vous a servi ? Véronique, tu as servi ces messieurs ?

– Bien sûr que non, fit Véronique en haussant les épaules ; Sissy, est-ce que c'est toi qui as servi ces messieurs ?

– Demande à Beauté.
– Demande à Angelina.
– Adresse-toi à Mamma. »

Les filles se mirent à glousser de joie. Onuma leur tourna le dos, suivi de Chuks et morigénant Blouson de cuir. La danse venait de se terminer et les danseurs s'écoulaient hors de l'étuve de la salle. Onuma se dépêcha d'être parmi les premiers à occuper trois chaises vacantes dans la cour, mais pas pour longtemps. Deux couples s'approchèrent, menaçants.

« Excusez, aboya l'un d'eux.

– Qu'est-ce qu'il veut ? dit Chuks flairant la bagarre.

– C'est notre place. Vous ne voyez pas nos verres et nos bouteilles ? »

Les cavalières, sans doute des institutrices locales, regardèrent les intrus avec un indicible dégoût.

« Hein ? fit Chuks.

– Allez vous faire voir.

– C'est vous qui allez vous faire voir », dit Chuks en relevant ses manches.

Le premier homme se préparait à relever ses manches aussi, mais l'autre, mesurant la taille de ses adversaires, jugea plus sage de se retirer avec dignité.

« Viens, Simon, fit-il d'une voix très distinguée, laisse ces voyous.

– D'ailleurs nous n'avons pas envie de nous asseoir », persiflèrent les jeunes filles, avec une haine rentrée.

On relevait beaucoup ses manches dans l'assistance, et il y eut même une ou deux vraies bagarres. L'atmosphère survoltée était entretenue par la foule de ceux qui restaient à l'extérieur, faute de pouvoir payer. Certains essayaient de sauter par-dessus la barrière, mais arrivait un sergent de ville qui leur donnait un coup de bâton, et ils retombaient de l'autre côté.

Onuma commanda d'autres bières mais cette fois il alla lui-même les prendre. Chuks buvait goulûment et fut bientôt ivre.

« Mesdames, messieurs, un cha cha cha », annonça un jeune politicien plein d'avenir, généralement considéré comme la locomotive de ces bals du week-end. Onuma s'approcha d'une des plus acceptables des filles de la ville.

« Non, tu m'offres d'abord une bière.

– D'accord », dit Onuma.

Il l'amena à sa table et réclama un autre verre. Chuks la reluqua avec des yeux gourmands.

« Comment ça va, poulette ? fit-il en lui tripotant les genoux.

– Ôte ta main », dit-elle avec un sourire.

Elle avait remarqué le nombre de bières consommées et elle était persuadée de ne pas avoir affaire à du menu fretin. Heureux changement après tous ces ploucs de village. Sa bouche amère ébaucha un sourire.

« Viens, allons danser », dit-elle.

Onuma l'entraîna sur la piste, l'écrasant presque dans ses bras puissants. Elle était du genre causant et voulait tout savoir sur lui, et où était sa femme.

« Elle est repartie chez elle, fit Onuma d'un ton solennel. On s'est disputés. Elle a vu ma secrétaire dans ma voiture. » Cela lui paraissait une façon assez subtile de suggérer qu'il possédait une voiture. Elle fut toute compatissante.

« Elle a vu ta secrétaire et elle est partie ? Pour si peu ? Que c'est bête ! Mais nous sommes comme ça ! Quand même, tu dois aller chez ses parents pour t'excuser. »

Après quelques verres et d'autres danses, Onuma regretta sa manœuvre d'approche. La fille était jolie mais trop effrontée. Son insistance à vouloir découvrir qui il était commença à l'agacer. Quand Chuks, après plusieurs assauts, réussit à attirer son intérêt, il fut soulagé. L'attention d'Onuma s'était portée sur une beauté épanouie qui, pendant la dernière danse, lui avait fait des signes frénétiques. Elle était probablement trop mûre au goût de beaucoup, mais elle lui convenait. Onuma traversa la salle tenant un verre à la main. Elle dansait maintenant avec un homme ventru qui la contemplait avec un sourire béat. Quand ils s'étaient croisés, elle lui avait fait un signal d'invite. Maintenant qu'il s'approchait, elle sourit à nouveau, s'offrant à lui.

« Vous dansez ? »

L'homme bedonnant le regarda avec curiosité et sans un mot abandonna sa cavalière. Elle enveloppa Onuma de son sourire chaleureux. Ils terminèrent la danse sans un mot, puis il l'amena à sa table.

« Où est donc passé mon mari ? Il ne faut pas qu'il nous voie. »

Elle se laissa tomber lourdement mais avec sensualité sur la chaise et se mit a arranger son fichu de tête. Onuma, déjà excité par l'alcool, avait les yeux embués de désir.

« Oh, voilà mon mari », dit-elle.

L'homme bedonnant avait trouvé une autre cavalière qui titubait et semblait ivre. Il la conduisit dehors sans ménagements.

« C'est sa deuxième femme, dit-elle avec le sourire.

– Allons prendre l'air, dit Onuma.

– Oh », fit-elle en se levant avec un sourire innocent.

Onuma se félicita d'avoir garé sa voiture dans un coin isolé, près du bois. En fait, l'éventualité d'une conquête avait été un des éléments de son choix. Elle ne manifesta aucune surprise face au déroulement de la suite. On aurait cru à une scène préparée à l'avance. Et bien qu'elle gémît de plaisir sous ses caresses, quand il en vint au moment capital, elle dit non. Il insista. « Non, non », criait-elle en le repoussant faiblement, pour ensuite s'accrocher désespérément à lui en criant : « Oui, oui, oh, oui. » À la fin elle se releva avec un rire onctueux, remit négligemment de l'ordre dans ses vêtements et lui sourit d'un air de dire : « C'était bien agréable. » Elle fit une grimace et soudain elle l'embrassa sur le front. Il la ramena dans la salle de bal, où elle s'éclipsa comme si de rien n'était.

À sa table, il retrouva Chuks avec la fille. Blouson de cuir s'était volatilisé. Chuks était ivre mort, la tête sur la table. Quand Onuma le secoua, il marmonna un charabia incohérent. La fille regarda Onuma avec compassion. Elle était toujours obsédée par cette épouse qui l'avait quitté pour un motif si futile. Elle était décidée à le consoler. Onuma se surprit en train de s'enflammer à nouveau au jeu et recommença toute sa manœuvre de séduction. Quand il la jugea à point, il l'emmena à sa voiture. Sa dernière conquête, cette nuit-là, fut une collégienne qui avait l'air de ne plus trop savoir où elle en était. L'orchestre s'était tu pour reprendre haleine et, tout à coup, la salle fut plongée dans ce silence de mort d'une ville soudain désertée par ses habitants.

Onuma jugea qu'il était temps de partir. Il dut hisser et tirer Chuks qui finit par se réveiller et le suivre en titubant.

« Où est ton copain ?

– Mon copain ? Ah, ouais ! »

Blouson de cuir les attendait à l'entrée et les salua d'un de ses braiements. Dieu sait comment, il n'était pas ivre. Chuks passa une interminable minute à essayer de s'installer à la place du chauffeur.

« Ta place ? Ah, ouais, ta place !

– Tu vas de l'autre côté.

– Ouais. » Et Chuks s'élança dans la nuit.

« Reviens ! Où vas-tu ?

– À la maison, j'vais à la maison.

– Tu as intérêt à monter si tu ne veux pas faire huit kilomètres à pied. »

Chuks finit par réussir à s'asseoir dans la voiture et, tout à coup, sans transition, se lança dans un panégyrique d'Onuma.

« Onuma, tu es le digne fils de ton père. Tu es célèbre dans les dix villes et à Lagos aussi. Onuma, fils d'Udemezue Okudo, je te salue. Les vauriens et les imbéciles ne t'apprécient pas, mais nous connaissons ta valeur. »

Cet éloge eut le don d'émoustiller Onuma.

« Oui, les gens de la brousse ne me connaissent pas, mais un de ces jours ils le sauront. Je vais tapisser le monde entier avec des billets de banque et mon nom brillera partout en lettres d'or. Mon père est le premier *ozo* du pays, et que personne ne l'oublie ! »

Sur ces entrefaites ils passèrent devant un débit encore ouvert. Onuma donna un coup de frein brusque et partit en zigzaguant acheter trois bouteilles de bière. Avec quelque peine il en tendit deux à ses compagnons. Blouson de cuir rangea soigneusement la sienne au coin du siège. Chuks en prit deux ou trois lampées et répandit le reste sur le plancher. Onuma but en tenant le volant de la main droite.

La voiture lui paraissait rouler encore mieux conduite d'une seule main. Dans la brume légère de l'aube, il avait une singulière acuité de vision. La route semblait toute droite. Il était juste en train d'avaler une autre gorgée quand elle fit un virage suspect. Pendant une seconde, qui parut une éternité, il eut un trou.

Sur la route d'Isu à Aniocha, à environ deux kilomètres d'Aniocha il y a un profond ravin qui tombe à pic sur des mètres et des mètres. C'est le point le plus dangereux de la route, au bout d'un virage masqué où se précipitent tragiquement les automobilistes distraits. Un plaisantin anonyme, agacé par cette cruelle inconséquence, avait planté un écriteau devant le précipice : VOIE SANS ISSUE, mais en pure perte.

La voiture d'Onuma avait suivi le chemin de toutes celles qui avaient négligé l'avertissement. En fait, la somptueuse Jaguar avait arraché le poteau et faisait allègrement route en direction du ravin. Mais par un de ces coups de chance extraordinaires qui sont l'apanage des fous, elle s'était coincée entre deux rochers au bord de l'abîme. Elle resta, toujours ronronnante, suspendue le nez dans le vide. Onuma eut la présence d'esprit d'arrêter le moteur puis il bondit dehors pour constater le désastre.

Tout le monde était indemne et on aurait même pu sauver la voiture si Onuma avait eu le bon sens d'aller chercher de l'aide.

« Donnez un coup de main », cria-t-il dans la nuit.

Blouson de cuir resta impassible, le sourire aux lèvres.

« Donnez un coup de main », cria encore Onuma en cognant sur le capot.

« Oh ! fit une voix de l'intérieur. Oh, c'est toi ? »

Chuks sortit péniblement pour se contenter de vomir.

« Donnez un coup de main, cria Onuma, et s'accrochant au garde-boue il essaya furieusement de tirer.

*« Eshobay*[1] *! »* cria Chuks de sa voix avinée. Blouson de cuir enchaîna : *« Ee !*

*– Eshobay !*

*– Ee ! »*

Grâce à leurs efforts, la voiture fut tirée d'entre les rochers. Alors elle fit un petit bond guilleret et, manquant les hommes de peu, elle glissa vers le précipice. Puis un fracas retentissant annonça le trépas d'une des créations les plus élégantes de la technique des temps modernes.

Le premier mouvement d'Onuma fut de courir après sa voiture mais le fracas l'avait dessoûlé. Il se contenta de contempler les décombres. Puis, prenant une grande décision, il s'en alla en zigzaguant ; mais se rappelant qu'il n'était pas seul, il rebroussa chemin pour trouver Chuks affalé sur un rocher. Avec l'aide de Blouson de cuir, Onuma le hala jusqu'à la route et tant bien que mal, ils marchèrent jusqu'à Aniocha où ils trouvèrent la maisonnée d'Udemezue profondément endormie.

---

[1] *Ho ! hisse ! (N.d.T.)*

## VIII

Le lendemain matin, en apportant le petit déjeuner à Onuma, Oliaku était inquiète. Elle ne l'avait pas vu depuis la veille et avant son départ pour Lagos elle voulait avoir une conversation avec lui.

Il sortit de la chambre, ébouriffé, le pas encore incertain.

« Bonjour, mère, fit-il, la bouche pâteuse.

– Est-ce que tu es malade ?

– Non, ça va.

– Voilà ton déjeuner. »

La vue de la nourriture lui tournait l'estomac mais il dit merci. Il empestait l'alcool, mais elle ne s'en offusqua pas, car sa longue expérience d'Udemezue lui avait appris qu'un homme doit s'enivrer de temps en temps. Elle voulait tant avoir une conversation sérieuse avec lui, lui demander quand il allait se marier par exemple. Mais ce n'était pas le moment. Elle posa la nourriture sur une chaise et ressortit.

Onuma avait une migraine terrible et tout l'écœurait, la ville moribonde, les vieillards maladifs et leurs palabres sans fin. Il avait envie de flanquer un bon coup de poing à quelqu'un. Sa fureur aggrava encore sa migraine.

Quel idiot, se disait-il, d'avoir tellement bu la veille à en perdre tout bon sens. C'était la faute aux femmes aussi. Les femmes avaient toujours été responsables de ses erreurs. Elles seraient sa perte. Pourtant, ce ne serait pas mal d'avoir Rita juste maintenant. Son corps tendre et frais apaiserait sa fièvre. En imagination, il explora le corps des plus jolies femmes qu'il avait eues. Au diable, les femmes, se dit-il finalement. Au diable, les femmes.

Il repensa aux événements de la nuit. Il avait perdu sa belle Jaguar, son adorée, son esclave, le seul être à qui il donnerait jamais son cœur. Bah, on peut toujours s'en trouver une autre. Les assurances sont là pour ça. Mais tout à coup une pensée traversa son esprit embrumé. Son assurance avait expiré le mois dernier. L'agent lui avait écrit pour lui proposer un nouveau contrat extravagant. C'était au moment où il cherchait des fonds pour aller offrir une fête au village. Il avait jeté la lettre et oublié de se réassurer.

« Oh, ma chérie… » La honte de rester croupir dans sa misère lui fut épargnée par une voix perçante qui lui était devenue familière. C'était Chuks, le chauffeur de taxi. « Sauvée », ! criait la voix.

« Qui me casse les oreilles si tôt le matin ? Vas-tu te taire, espèce de sauvage ! gronda Udemezue en se redressant sur sa peau de chèvre blanche dans *l'obi.*

– Oh, pardon, père », dit Chuks d'un air contrit.

Mais dès que le patriarche eut tourné le dos, il cria de plus belle : « Sauvée !

– Qui est sauvée ? grimaça Onuma.

– La voiture !

– Quoi ! cria Onuma.

– La voiture ne s'est pas écrasée !

– Tu es fou !

– C'est toi qui es fou. Je l'ai vue ce matin. Elle est intacte.

– Alors, allons-y, dit Onuma, toujours dans son costume de la veille.

– Tu ne mets pas tes chaussures ?

– Ah, oui, les chaussures. »

Onuma rentra dans sa chambre, mit ses chaussures et ressortit, entraînant Chuks avec lui.

L'espoir de retrouver sa belle voiture lui avait un peu clarifié les esprits. La tête lui cognait moins. Tout ce qui lui restait de sa gueule de bois était une sensation désagréable de chaud et de froid en même temps. Plongé dans ses pensées, il offensa les femmes et les enfants qui revenaient du marigot en ne répondant pas à leur bonjour. Il n'avait de pensées que pour sa voiture. Il était uni à elle par des liens indissolubles ; leurs destins étaient étroitement liés. Les moments les plus heureux de sa vie, il les avait passés dans sa voiture. Il se rappela une discussion qu'il avait eue avec des amis à Lagos sur ce que chacun avait vu de plus beau. Pour l'un c'était un Boeing au moment du décollage, pour un autre un navire à l'ancre. Une fille affirma même que c'était le visage d'un homme couché sur elle au moment de l'orgasme. Pour Onuma, l'heure inoubliable, c'était conduire sa voiture dans le port de Lagos et voir les myriades de lumières des bateaux.

Onuma et son compagnon furent bientôt au bord du ravin et s'agrippant prudemment aux rochers, ils descendirent jusqu'à la voiture qui, en effet, était intacte. Il y avait eu trois miracles. Le premier avait sauvé les trois hommes de ce qui aurait dû être une mort instantanée. Le deuxième avait protégé la voiture dans sa chute et le troisième, malgré la sotte précipitation d'Onuma, lui avait procuré un petit coussin sous la forme d'un petit cours d'eau. Le fracas qu'Onuma avait entendu n'était rien d'autre que le pare-brise qui avait volé en éclats. La voiture elle-même, bien que légèrement enfouie dans la vase, semblait plus indestructible que jamais.

Onuma se mit à danser autour d'elle, caressant

ses flancs boueux, couvrant de baisers son pare-chocs, tout au moins ce qu'il pouvait en atteindre. Puis il sauta sur Chuks pour l'embrasser et se mit à se trémousser dans une danse obscène contre le ventre de Chuks.

« Sauvée ! Ma précieuse, mon adorée est sauvée !

– Mais comment vas-tu la sortir de là ? dit Chuks, plus terre à terre.

– Oh, on la poussera, dit Onuma essoufflé par ses contorsions, Je ferai venir tous les hommes valides d'Aniocha pour la tirer de là. Allez, viens. »

Mais son plan se heurta à des obstacles d'importance. Les hommes valides ne viendraient haler une voiture que contre salaire et Onuma commençait à voir ses finances en baisse. Puis il se rendit compte que ce n'était pas une affaire d'hommes. Pour remonter la voiture jusqu'à la route, il faudrait un engin mécanique.

« Si on pouvait avoir une grue..., songea Onuma.

– Une grue ? »

Onuma avait presque oublié qu'il n'était pas seul. Il expliqua ce qu'était une grue.

« Y en a pas ici », déclara Chuks.

Évidemment, se dit Onuma. Le lieu le plus proche où on pouvait espérer en voir une était à quarante kilomètres de là, à Onitsha. Il faudrait retourner à Lagos, le seul endroit où on pouvait amasser de l'argent. Il décida de partir le lendemain. Quand il rentra dans la cour, l'agitation y était grande, et même sur le visage des enfants se lisait une intense curiosité.

Avant d'aller réveiller Onuma, Chuks avait diligemment répandu la nouvelle. C'est donc à un père et à une mère inquiets qu'Onuma expliqua la situation. Il fut un peu contrarié par leur mine tragique, bien que lui-même eût frisé la folie quand il avait cru sa voiture détruite. Alors il s'appliqua à minimiser l'accident. Il s'efforça de les convaincre que ce n'était qu'une question de jours pour remettre la voiture sur la route. Udemezue opina, rassuré. Mais il échut à la mère de résumer la situation avec son habituel stoïcisme :

« Dieu est juste. J'étais sûre qu'il n'allait pas nous reprendre la seule chose que nous avons acquise, la seule chose de sûre dans ce monde mauvais et incertain. »

## DEUXIÈME PARTIE :

## LA CITÉ IRRÉELLE

ONUMA était heureux d'être à nouveau sur la route. Après son opulence passée, quel changement de se retrouver dans un vieux minibus poussif, coincé entre des voyageurs querelleurs et malodorants ! Le supplice ne dura que quelques heures. Puis il dut prendre place dans une Peugeot pour les derniers cent kilomètres ; cette Peugeot était devenue célèbre pour sa vitesse effrénée et le taux de ses accidents. Une des distractions du parcours était le spectacle des carcasses de camions et de voitures pris au piège de ces traquenards appelés ponts. En un point, le cadavre gonflé d'une femme gisait sur le bord de la route, avec la peau qui pelait sous le soleil. Quelqu'un fit remarquer les détails macabres et tout le monde tendit le cou. Tous restèrent silencieux quelques minutes. Puis les conversations reprirent, comme si par la parole on essayait de chasser le cauchemar qu'on venait de traverser. On croisait souvent des cadavres sur cette piste de mort. Au bout d'une semaine, les cadavres disparaissaient aussi mystérieusement qu'ils étaient apparus, et ce fait semblait justifier l'indifférence générale.

À l'exception d'un ou deux moments périlleux, le voyage fut relativement calme et ils entrèrent dans Lagos le dimanche, en fin d'après-midi. La ville était pratiquement déserte à cette heure. Onuma descendit de l'autobus dans cet état d'exaltation joyeuse qui était toujours le sien quand il arrivait dans cette ville. C'était Lagos, sa ville. Elle lui était aussi familière que ses yeux de chat quand il se regardait dans une glace. L'odeur envahissante de Lagos aussi lui était familière : mélange de poisson pourri, d'urine âcre et de vieille crotte. Mais les luxueuses voitures qui la sillonnaient semblaient démentir cette puanteur, et les filles qui déambulaient dans les rues étaient toujours aussi élégantes et attirantes. Onuma chercha un visage connu. N'importe où à Lagos, dans une foule où dominaient les filles, il s'en trouvait toujours une qui avait couché avec lui à un moment donné. Et comme prévu, il en vit une près de l'arrêt d'autobus. Onuma se souvenait d'elle comme d'une fille plutôt paumée qui s'était abandonnée à lui. Quand il l'avait rencontrée, elle arrivait à peine de la campagne et avait commencé à « mal tourner ».

Le jour où il l'avait « levée » avec sa Jaguar, elle venait de se faire expulser de sa cahute dans le quartier des bidonvilles. Cette nuit-là, en remerciement d'un toit, elle lui avait donné sans réticence son corps vierge. Après chaque étreinte elle pleurnichait des « Ah, je suis devenue mauvaise, on m'avait bien dit que Lagos c'était la perdition, et je n'ai pas écouté ». Mais ensuite elle lui disait qu'il pouvait encore la punir à sa guise. Ce qu'il faisait. Le souvenir de leurs ébats donnait du piment à cette deuxième rencontre. Onuma fit de grands gestes pour attirer son attention mais elle resta de glace. Il aurait continué à gesticuler jusqu'à ce qu'elle le remarque quand un jeune homme en Citroën s'arrêta à côté d'elle, sous les lazzis de la foule qui attendait.

« T'as pas vu ? Ici c'est l'arrêt d'autobus », cria quelqu'un.

Le conducteur de la Citroën resta impavide. D'un geste impératif il fit signe à la fille d'Onuma. Elle alla vers lui dans un déhanchement gracieux qu'elle avait dû apprendre, se dit Onuma, depuis qu'elle l'avait quitté, puis avec une nonchalance étudiée elle ouvrit la portière et monta dans la Citroën. La voiture démarra dans un crissement de pneus.

« Au voleur ! » crièrent les piétons. Mais il a eu la fille, se dit Onuma. Et c'est ce qui comptait. Cet incident convainquit Onuma de l'étrange pouvoir magique de la voiture. Elle ne conférait pas seulement un statut social, elle rendait tout possible : l'amour, l'espoir, la joie, la charité. La voiture, c'était l'homme. Sans elle il était un infirme, et cette fille n'avait pas de temps à perdre avec les infirmes.

Avant cet incident, Onuma avait hésité entre se joindre à la foule grossière de l'autobus ou prendre un taxi. Un taxi était évidemment ce qui convenait à un jeune homme de son standing, mais ses deniers avaient fondu et il lui restait en poche à peine de quoi payer un taxi. Cependant l'épisode de la Citroën fut décisif. Il prendrait un taxi, dût- il en crever.

Pendant tout le trajet il resta fasciné par le tic-tac du taximètre. Et si le prix dépassait le contenu de sa bourse ? Il était juste en train de combiner comment il calmerait le chauffeur quand le taxi approcha d'Ikeja, sa destination, et Onuma vit qu'il avait de quoi payer et même avec un petit reste.

Les derniers mètres étaient un méchant chemin de terre que ses amis, soucieux de leur véhicule, rechignaient à emprunter quand ils lui rendaient visite. Si sa situation financière avait été moins précaire, Onuma se serait fait conduire jusqu'à sa porte. Mais compte tenu des circonstances il se résigna à porter ses bagages et à patauger dans la boue. Il y avait un point particulièrement nauséabond : un cloaque permanent dû à un tuyau crevé s'était formé devant une maison appartenant à un fonctionnaire à la retraite. Plusieurs voisins, et Onuma, non des moindres, avaient maintes fois protesté. Mais l'homme, imbu de son importance, non seulement faisait la sourde oreille mais s'offusquait de ce que ce menu fretin lui fît des reproches. Il existait un code tacite selon lequel les gens importants, ou ceux qui se jugeaient tels, étaient au-dessus de toute critique quelle que soit la faute commise.

L'autre point stratégique de la rue, également source de puanteur pour tout le quartier, était une énorme décharge. Bien que la route de terre ait été dûment enregistrée à grands frais au cadastre par le notable dont elle portait le nom, elle ne bénéficiait pas encore des attentions des éboueurs municipaux. Aussi les habitants jetaient-ils tout simplement leurs ordures par la fenêtre. Il y eut d'abord un petit tas entre deux maisons. L'endroit attira vite tout le monde, et un énorme monticule grandit et empesta tout. Plusieurs enfants du quartier, dont la maison ne disposait pas de commodités, se servaient aussi de cette décharge.

La maison d'Onuma semblait un îlot d'élégance dans un océan de crasse. C'était un coquet immeuble de deux étages avec quatre appartements. Onuma l'avait choisi à cause de son élégance et de son prix. Semblable logement dans les quartiers plus centraux aurait coûté le triple. Le propriétaire, en investissant dans cette zone de bidonvilles, misait sans doute sur l'extension de la cité qui, si lente qu'elle fût, atteindrait un jour le coin.

Onuma fut assez surpris et un peu agacé par l'accueil chaleureux, un peu trop même, de sa voisine de palier, une veuve plantureuse. Il y avait un certain froid entre eux depuis qu'elle avait envoyé en pension sa fillette à peine pubère, apparemment pour la soustraire à son voisin. Les efforts de la veuve pour briser la glace étaient liés au fait qu'elle venait de se brouiller avec son voisin du dessus, un avocat miteux qui s'était vainement efforcé de gagner la considération de ses voisins sceptiques. La Jaguar n'avait pas amélioré ses rapports avec Onuma car son antique Volkswagen supportait mal la comparaison. De temps en temps, l'avocat employait un chauffeur pour rétablir en quelque sorte l'équilibre, mais il s'apercevait bien vite qu'il ne pouvait le payer. Ses larbins repartaient aussi vite en l'injuriant, ce qui n'améliorait pas sa position.

L'avocat avait été au mieux avec la veuve dans le but d'isoler Onuma et leur rupture n'était qu'un autre indice d'échec. Cependant Onuma fut plus que réticent dans ses rapports avec la veuve. Il n'était pas prêt de pardonner à cette vieille truie d'avoir écarté sa fille, ce joli tendron qu'il était sur le point de cueillir. Il resta donc de marbre devant les effusions de la veuve, mais celle-ci était trop absorbée dans ses calculs pour le remarquer. En le quittant, elle lança un éclat de rire strident en direction de chez l'avocat. Son ennemi était sur le balcon en tenue d'intérieur, un gilet de corps sur un pagne ; il se curait les dents avec un bâtonnet et crachait les débris en bas. Le rire de la veuve atteignit son but. L'avocat fit retraite à l'intérieur.

Le vacarme réveilla le boy d'Onuma, à la fois boy, majordome, souffre-douleur, critique et conscience vivante. Il sortit de la chambre avec son sourire perpétuel et s'affaira autour du sac de son maître. Onuma le repoussa, et faute d'autre chose à dire, demanda :

« Tu dormais, Vendredi?

– Oui, patron. »

Il était toujours en train de dormir, semblait-il,

et ne prenait jamais la peine de le nier. Trop paresseux ou trop sûr de lui ou tout simplement indifférent ? C'était la règle qu'Onuma échange quelques potins avec lui :

« Quelqu'un m'a demandé ? fit-il, histoire de commencer.

– Non, seulement la madame. »

Quelle madame ? se demanda Onuma. La veuve ? La tenancière du bar où il avait une facture en souffrance ?

« Non. Gloria, se hâta d'ajouter Vendredi. Elle est venue coucher hier. »

Oui, Gloria, sa petite amie du moment, avait une clé. Elle avait souvent besoin d'échapper au bidonville fétide où elle habitait avec ses grands-parents. Gloria leur avait été confiée par ses parents qui vivaient en brousse et les vieux prenaient leur responsabilité avec sérieux. Comme disait Gloria, ils étaient fous quand elle partait coucher chez Onuma ou chez quelqu'un d'autre. Ayant vécu presque un siècle dans la crasse et la puanteur, ils étaient incapables de comprendre l'irrésistible besoin de leur petite-fille de s'échapper vers les lumières de la ville, même si elle devait vendre son corps en échange. Gloria se trémoussait de rire quand elle racontait ses querelles avec eux. Elle gagnait toujours, car ils ne pouvaient vivre sans elle.

Onuma espérait que Gloria reviendrait le soir et il en fut heureux. Elle l'aiderait à résoudre ses problèmes et le ferait même avec un tact consommé.

« Est-ce que Gloria a dit qu'elle reviendrait ce soir ?

– L'a rien dit. »

Gloria n'avait pas les faveurs de Vendredi. D'ailleurs, aucune des amies d'Onuma ne trouvait grâce auprès de Vendredi. Vendredi avait conservé un sens paysan des convenances, et il se méfiait des filles de la ville qu'il considérait comme des sangsues qui grugeaient son patron. Onuma le congédia d'un geste impatient, mais Vendredi n'avait pas fini. Il resta à se dandiner et finit par lâcher :

« Y a rien pour la maison. »

Cela dit d'un air de persécuté. Vendredi n'avait jamais cessé de grossir son pécule, se dit Onuma, qui lui avait laissé assez d'argent pendant son absence. Mais du point de vue de Vendredi, Onuma était un pactole intarissable qui ne lâchait ses sous qu'avec parcimonie. L'ingéniosité de Vendredi pour réclamer son dû n'était jamais en reste ; aussi, malgré l'impatient « ôte-toi de là », il ne lâcha pas prise. Il resta sur place dans l'attitude du juste opprimé jusqu'à ce qu'Onuma, excédé par sa présence, prît la fuite dans sa chambre en claquant la porte.

La chambre à coucher, au luxe clinquant, était le havre où lui et ses amies se livraient à leurs exercices de thérapie amoureuse, à l'abri des échos tumultueux de la cité. Au bout d'un moment, l'influence apaisante de la pièce commença à agir. Un seul élément manquait à sa guérison complète : une femme. C'était l'heure où en général il faisait l'amour. Toutes les tensions de la ville conduisaient à cet instant. D'habitude, les femmes venaient à lui. Sinon il partait faire un tour en voiture du côté du Foyer des Jeunes Filles Chrétiennes où les résidentes se morfondaient d'ennui, du côté des bidonvilles d'où jaillissaient parfois quelques-uns des plus jolis papillons. Comment quelque chose de beau pouvait-il sortir de lieux si sordides ? Il s'était souvent posé la question sans trouver de réponse. Comment certaines filles, grandies dans les miasmes putrides du caniveau, pouvaient-elles émerger, appétissantes, souples et fraîches, avec toutes leurs rondeurs à la bonne place ? S'il avait dû vivre une semaine dans ces taudis, il en serait devenu fou. Et ces filles supportaient cette vie pendant des années, sans en être marquées, sans que soient étouffés leur goût de vivre et leur étrange intuition des gestes qui donnent du piquant et du sel à l'existence.

Plus Onuma pensait aux femmes, et à Gloria

en particulier, plus il était en rut, et sa nuit devint un martyre. Il finit par s'endormir et ne posséda Gloria qu'en un rêve où il volait sans ailes en sa compagnie, à travers le ciel.

## II

Cela promettait d'être un de ces lundis démentiels de Lagos, où partout, dans la chaleur et la poussière, allaient s'étirer les embouteillages. Les automobilistes observaient tous ce rite du début de semaine avec une ferveur dévote. Onuma entra dans la mêlée et la poussière au moment le plus forcené, contraint qu'il était de rentrer dans le rang par une situation qui ne lui était pas totalement inconnue : l'impécuniosité. Il avait conscience du schéma répétitif de sa vie et s'émerveillait de ce mouvement cyclique d'ordre et de chaos, illustré par une alternance régulière de périodes d'indigence et d'opulence. Apparemment, aucun moyen de briser ce cercle vicieux. Les sages l'auraient poussé à économiser pour les mauvais jours, mais sauraient-ils jamais lui indiquer le moyen de concilier ses ambitions démesurées avec l'existence étriquée que le pays pouvait offrir ? Ayant perdu sa voiture bien-aimée, il aurait dû avoir de quoi voyager de manière distinguée, en taxi. Mais ce n'était pas le cas. Il ne pouvait même pas prendre un de ces nouveaux autobus chic qui avaient prolongé leur itinéraire jusqu'en des points aussi éloignés qu'Ikeja. Il fut donc obligé d'attendre le car vétuste qui gémissait et craquait de partout. Quand le car arriva, il était déjà plein et Onuma dut se battre pour monter. Il trouva la dernière place libre, un de ces sièges crevés dont les ressorts s'enfoncent dans votre postérieur.

Toutes les places étaient occupées, mais le chauffeur n'était pas pressé de démarrer.

« Alors, qu'est-c' qui s' passe ? grommela quelqu'un, alors, chauffeur, pourquoi t'y vas pas ? »

Le chauffeur installé dans sa petite cabine se retourna avec un sourire bonasse.

« J' suis pas l' contrôleur, va lui d'mander. »

Le contrôleur, un jeune homme morose en *agbadda* [1] déchiré, se tenait sur le marchepied arrière et mordait un gros trognon de pain. L'expérience lui avait appris à ignorer les protestations des passagers tant qu'il subsistait le moindre espace inoccupé.

Finalement, après les avoir laissé mariner un peu plus, il cogna mollement contre la carcasse

[1] *Pagne d'homme. (N.d.T.)*

branlante de l'autobus en criant : « En route ! » Mais il était déjà trop tard. Les encombrements de Lagos avaient devancé les voyageurs. Les passagers acceptaient cette situation dans un silence résigné, mais Onuma était trop accablé par la chaleur et l'odeur de cette foule pour la supporter plus longtemps. À sa manière impulsive, il sauta de l'autobus et partit à pied. L'interminable cohorte des voitures s'allongeait pare-chocs contre pare-chocs sur ce qui semblait des kilomètres. Onuma reconnut les divers types d'automobilistes de Lagos : les néophytes reconnaissables à leur âge et à leur visage angoissé par les dettes et les maîtresses exigeantes ; les hommes d'affaires, au ventre de buveur de bière qui passait pour le signe de la réussite. Onuma haïssait la médiocrité béate de ces derniers, et tirait une jubilation féroce du souvenir des qualificatifs dédaigneux dont les gratifiaient certaines « croqueuses » de Lagos qu'il avait eues gratis.

Il n'était pas encore possible de situer la cause de cet embouteillage, encore que dans la circulation du lundi il n'y eût pas de bouchon à proprement parler mais simplement désordre, manque d'organisation, incapacité à concilier les intérêts divergents d'une population avide.

Un bruit insidieux agressa les oreilles d'Onuma. Il savait son origine. Il venait d'apercevoir quelqu'un dans une Mercedes et s'était vite détourné pour feindre d'observer une construction de brique qui débordait sur la chaussée. Mais le long sifflement persista. Il resta absorbé par l'immeuble de brique, sans réagir. La source de ces appels était un jeune snob de ses connaissances. Onuma n'allait pas monter dans la voiture de ce type pour être pris à témoin de l'ascension sociale de ce jeune imbécile. Le chaos augmenta. Certains conducteurs, dans un effort désespéré pour passer à tout prix, se mettaient en travers de la file, ou empruntaient le bas-côté réservé aux piétons, créant un chaos encore plus grand. L'affreuse perspective de devoir faire à pied les quinze kilomètres se dressait devant Onuma. Il se préparait à cette longue épreuve dans la chaleur et la poussière, quand il entendit à nouveau l'appel railleur.

Après tout, ce n'était peut-être pas une mauvaise idée, se dit-il en approchant de la Mercedes qui avait réussi à s'extraire de l'enchevêtrement.

« Comment va ta voiture ? » demanda le propriétaire de la Mercedes, s'efforçant de masquer sa curiosité. « Que peut bien faire à pied un homme qui possède une Jaguar ? » se demandait-il.

« Oh, elle est à la révision », bluffa Onuma à l'aise. Le type n'avait qu'à deviner tout seul !

« Tu n'étais pas au dernier bal du Island Club, continua Mercedes en jetant sur Onuma un regard inquisiteur.

– Oh, un dîner avec mon directeur, répliqua Onuma.

– Une soirée extra, renchérit Mercedes. Rien que des gros bonnets : Alhaji Siaka, le président des ciments d'Ikeja. Et aussi le prince ! On m'a dit qu'il allait être nommé secrétaire permanent. Je ne me les rappelle pas tous. Et les filles étaient *borku*[1] ! Estella a demandé après toi.

– Quelle Estella ? » répondit Onuma d'un ton dont la désinvolture découragerait, il l'espérait, son interlocuteur, car il n'était pas d'humeur à discuter Estella ou la réputation d'Estella. Mais Mercedes était trop bien lancé pour s'arrêter.

« Comment peux-tu dire quelle Estella ? Estella ! Est ce qu'il y en a deux ? »

Il était encore plus soupçonneux qu'intrigué. Ce manque de réaction au nom d'Estella épaississait le mystère de l'absence de voiture. Il jeta un autre regard dubitatif sur les souliers poussiéreux d'Onuma, comme si là se trouvait la clé.

Onuma sentit qu'il était temps d'entrer dans ce jeu de la poudre aux yeux caractéristique des conversations de la jeunesse de Lagos.

---

[1] *Nombreuses. (N.d.T.)*

« Oh, Estella, laissa-t-il tomber d'un ton d'ennui blasé. Qu'est-ce qui ne va pas ?

– Je crois que I.K. l'a plaquée. Elle va d'un type à l'autre, et ils la sautent tous. Mais elle survit. Elle a l'instinct de conservation, cette fille. Tu sais que je sortais avec sa sœur ? Oh, rien de sérieux. Juste une copine pour le lit. »

Mercedes sembla cracher ces derniers mots dans un hoquet, car au même moment il dut donner un brusque coup de volant pour éviter une vieille benne à ordures qui avait surgi d'on ne sait où, et leur envoyait ses effluves en plein nez.

« Sales rats, espèces de cancrelats, cria Onuma.

– Transporteurs de merde », renchérit Mercedes en coupant les gaz.

Du même jet les deux jeunes gens bondirent de la voiture pour invectiver les offenseurs dans un vocabulaire que le dernier des chiffonniers ibo n'aurait pas renié.

« Tas de merde, fumiers, est-ce que vous pensez que c'est un luxe d'avoir des freins ? »

Pour toute réponse un jet de gaz noir les fit reculer en suffoquant. Le chauffeur laissa tourner son moteur au ralenti quelques minutes, puis dans un dernier affront lança un nouveau jet de fumée tandis que son aide descendait du marchepied pour déposer à terre une roue de secours et s'endormir dessus. Et à la grâce de Dieu !

L'incident suivit son cours hystérique. Des hordes d'automobilistes impatients se mirent à klaxonner avec fureur dans des tourbillons de poussière et un tintamarre qui exaspérait la frénésie de la foule. Des policiers apparurent, réprimandèrent vertement le chauffeur, réveillèrent son assistant à coups de pied, prirent des notes inutiles, essayèrent en vain de dominer le chaos, puis impuissants, prirent la fuite sous les quolibets. La route était quasi impraticable. Le camion fauteur de troubles avait obstrué tout un côté et les files montantes et descendantes ne pouvaient emprunter qu'à tour de rôle la seule voie libre avec des conséquences souvent catastrophiques. Dans un enchevêtrement particulièrement affreux, Onuma décida de régler lui-même la circulation. Il lui fut facile d'obtenir la coopération des automobilistes, car ils avaient atteint un tel degré de frustration qu'ils étaient prêts à obéir à n'importe qui. Il réussit à faire face aux plus forcenés et à calmer les plus hystériques avec quelques bonnes paroles. Au bout d'un moment, la circulation put reprendre à travers le mince créneau qu'il avait dégagé et Mercedes, qui était passé maître dans l'art de se faufiler et de prendre des risques suicidaires, put passer. Onuma abandonna la fonction qu'il s'était attribuée pour rejoindre son ami et le reste du voyage se passa en virulentes critiques sur la ville de Lagos.

Après toutes ces tribulations ajoutées à ses soucis, Onuma n'était pas au meilleur de sa forme quand il se rendit à sa banque pour demander une avance. Le directeur refusa net sans dire pourquoi. Il avait lu sur le visage d'Onuma les stigmates de l'homme aux abois. Il fuyait cette catégorie comme la peste car elle était de mauvais présage.

La banque appartenait à une société européenne qui passait pour traiter le Nigéria en vache à lait. Le directeur responsable des avances était un Nigérian. Son refus de rendre service à un compatriote signifia aux yeux d'Onuma complicité avec l'ennemi pour opprimer la race noire. L'homme n'était qu'un larbin et Onuma monta sur ses ergots non seulement à cause de ce refus mais aussi de cette traîtrise idéologique implicite.

« Je vais fermer mon compte chez vous », clama-t-il ; il se présenta devant le gros caissier, le sommant de clore son compte. Le gros caissier le reçut avec un égal dédain.

« Quel est votre nom ? » fit-il avec une moue dégoûtée.

Onuma donna son nom sans aménité et attendit.

Après ce qui parut une éternité, un commis morose apporta un bordereau. Le gros caissier l'examina puis laissa tomber avec un calme délibéré :

« Vous avez un découvert. Avant de fermer votre compte, vous nous devez trois livres cinquante. Au suivant. »

Il était difficile de quitter les lieux avec dignité, mais Onuma essaya. Prenant la mine de quelqu'un qui souffre au-delà du supportable, il sortit d'un pas altier. Dans le même élan sa fureur le porta jusqu'à son bureau, dans une sorte d'état second. M. Karolidès l'accueillit avec amabilité.

« Vous avez passé de bonnes vacances ?

– Oh… c'est-à-dire… » Onuma n'acheva pas sa phrase et M. Karolidès n'insista pas.

Sa fichue discrétion ! Onuma fut sur le point d'expliquer ses problèmes mais il se tut, réfrigéré par l'attitude impersonnelle de son patron. M. Karolidès n'encourageait pas les confidences et les épanchements. Ses rapports avec son personnel, surtout les Nigérians, restaient sur un plan strictement professionnel. On ne savait pas où il habitait, s'il était marié ou non, quelle était sa vie amoureuse. Le même mystère entourait son affaire de fret. Onuma avait entendu parler de quelques navires qui étaient loués à des compagnies en place et pratiquaient ce qui ressemblait fort à de la contrebande. Mais on n'imaginait pas M. Karolidès se livrant à des activités clandestines. Il paraissait trop intègre. Ses manières surtout suggéraient la ligne droite de l'honnêteté. Onuma le haïssait et l'admirait pour cette façade d'innocence sans faille qu'il présentait au monde.

Quand M. Karolidès l'eut congédié d'un sourire aimable, Onuma alla, presque comme un automate, chez le comptable, M. Koko. Ce dernier ne faisait pas mystère de sa vie privée ou de celle de la Compagnie. Il était prolixe et grivois. Il semblait particulièrement émoustillé quand il pouvait faire participer en imagination un auditeur médusé à ses succès professionnels et à ses bonnes fortunes. Sa dernière conquête était une étudiante d'à peine vingt ans. Il avait gagné ses faveurs en lui promettant un emploi. Et sachant qu'il n'y en avait aucun – car seul l'*oga*[1], c'est-à-dire M. Karolidès, pouvait en donner – il avait dépensé beaucoup d'argent pour l'éblouir. Il lui avait payé l'avion depuis le Nord, et l'avait installée dans un hôtel de luxe à Lagos. De reconnaissance, elle l'avait comblé des prouesses sexuelles les plus éblouissantes.

« Figure-toi, la nuit dernière, elle m'a presque tué. Je me demande où ces filles apprennent à baiser. Mais elle a une fameuse surprise qui l'attend, ajouta Koko. Tu comprends, elle dit qu'elle

[1] *Patron.* (N.d.T.)

sait taper à la machine. Elles le disent toutes. Je sais que c'est faux. Elle en fera une tête demain quand je l'amènerai au bureau pour lui faire passer un test, et alors, comme elle n'y arrivera pas, je la balancerai. Mais avant, je me payerai encore une fois son beau cul. Est-ce que tu as déjà renvoyé une fille, juste après l'avoir baisée ?

– À vrai dire, non. »

M. Koko brûlait d'entendre le récit des conquêtes d'Onuma, mais Onuma n'était pas disposé à se raconter. Ce matin-là, il avait l'esprit rempli d'obsessions d'un autre genre.

Puisque Onuma avait laissé passer l'occasion de plastronner, M. Koko commença à se vanter de sa situation financière : le souci d'avoir deux maisons en construction à la fois, le lycée à payer pour deux neveux.

« Et je t'assure, je n'ai jamais de découvert à mon compte.

– Vraiment ? dit Onuma, intéressé cette fois.

– L'*oga* a été chic avec moi. Il me fait un prêt chaque fois que je le demande. »

Ce fut le moment pour Onuma de parler de ses propres besoins et de faire une allusion à une possibilité de prêt.

Koko se ferma comme une huître. Ses manières expansives firent place à une réserve prudente. Son œil humide de bellâtre se voila. Son front se plissa dans son effort de concentration sur le registre et d'une voix toute changée, il rappela :

« Tu as pris cinq cents livres pour frais de réception et je n'ai pas reçu de note de frais. Est-ce que tu l'as ? » et ceci d'un ton réprobateur de justicier.

Il voyait toujours d'un mauvais œil quelqu'un profiter d'un budget de frais et pas lui. À ce moment-là, la sonnerie du téléphone eut un effet adoucissant. Sa voix devint tout miel et empressée, et ses nombreux « oui, monsieur » indiquaient qu'il parlait à M. Karolidès. À la fin, il reposa l'écouteur, l'œil brillant de dévotion. D'une voix qui conservait encore quelques trémolos il annonça : « C'était le patron. » Puis d'un ton plus sec :

« Est-ce que tu sais où on peut se procurer des devises étrangères ? »

Onuma retint son souffle. Il eut, l'instant d'un éclair, la vision prémonitoire d'un tournant dans sa vie à la fois décisif et terrible. Et il entendit Koko lui demander : « Est-ce que tu peux y envoyer un des commis ? »

Onuma hésita et Koko eut recours au mot de passe magique : « L'*oga* m'a demandé de t'en parler.

– Ce n'est pas possible, il faut que j'y aille moi-même. »

Koko lui jeta un regard méfiant et marmonna :

« Tu es encore en vacances ; ce n'est pas bien de profiter de ton temps libre. »

Onuma n'écoutait plus ; il contemplait sa voiture, son alter ego, symbole de son identité retrouvée. Il se demanda pourquoi ce jour-là M. Karolidès avait besoin de devises étrangères. Acheter des devises au marché noir, pour les ramener en Grande-Bretagne, était un procédé courant des sociétés européennes installées au Nigéria pour frauder le fisc. Acheter des devises était si souvent une des missions d'Onuma qu'il se demanda pourquoi Koko hésitait à l'en charger.

« Il s'agit de combien? demanda Onuma d'un ton qu'il espérait détaché.

– Environ trois cents, dit Koko à contrecœur.

– Pour quand ? » demanda Onuma en dominant sa déception. Il avait espéré plus.

« Aujourd'hui ou demain », répondit Koko de la même voix méfiante.

Il fit mine de se désintéresser de l'affaire et de mettre fin à la conversation. En fait, il avait toujours cette réaction quand quelqu'un d'autre allait tirer profit d'une transaction.

Onuma, terrorisé à l'idée de voir l'occasion lui échapper, joua son dernier atout.

« Je ne serai pas chez moi demain.

– Oh, rien ne presse, on peut attendre ton retour.

– Mais je ne sais pas quand je reviendrai. Attends, je vais aller en parler à M. Karolidès. »

La tactique réussit. Koko ne put contenir son inquiétude. L'affaire lui échappait. Il devait reprendre l'initiative.

« Je vais te faire un chèque, annonça-t-il, comme s'il venait de prendre une décision capitale. Viens là ! » cria-t-il en direction d'un des commis dans le bureau voisin. Un garçon accourut.

« Fais un bon de trois cents livres pour M. Onuma. »

Puis, comme après réflexion, et pour rabattre le plaisir qui commençait à éclairer le visage d'Onuma : « Nous devrons l'imputer à ton compte débiteur et quand tu apporteras les devises, on t'en créditera. »

Onuma ne pouvait qu'accepter. Il attendit, en espérant ne rien dévoiler de son allégresse intérieure tandis qu'on préparait le chèque et que Koko, amer et désabusé, allait au bureau de M. Karolidès pour le faire signer. Son humeur n'était pas meilleure quand il revint. Onuma se méprenant sur un geste de Koko allait déjà saisir le chèque quand Koko retira la main : « Tu n'as pas signé. »

Onuma signa, reçut le chèque, lança un sourire goguenard et fila avant que Koko ne change d'avis.

« Trouve des dollars si tu peux ; sinon des livres anglaises feront l'affaire », cria Koko. À peine si Onuma l'entendit. Il voguait déjà au pays des rêves, le cap mis vers l'objet de son amour.

D'abord Onuma alla toucher le chèque. Puis, pour se remettre des émotions de la journée, il se rendit au bar de l'hôtel Glasgow et commanda une bière. C'était une heure d'intense activité, où beaucoup de jeunes gens bien habillés venaient traiter d'affaires diverses. Mais il ne s'agissait que de piétaille. Tous portaient un attaché-case comme d'autres une médaille d'honneur. Quelques jeunes et jolies prostituées traînaient par là. Naguère l'hôtel Glasgow avait été le rendez-vous sélect des hommes d'affaires blancs et de leurs associés noirs bien nantis. Selon les principes égalitaires de l'heure, il avait ouvert ses portes et était devenu bourse et bordel combinés.

À peine Onuma s'était-il installé devant une bière qu'il fut abordé par un jeune homme maigre dont les chances de réussite étaient compromises par un complet atrocement taillé. Cependant Onuma lui fit un sourire engageant. Il l'avait vu plusieurs fois et, bien qu'ils ne se fussent jamais adressé la parole, le jeune homme regardait Onuma avec un air de familiarité. Onuma se demanda s'il cherchait à se faire offrir une bière. Mais le jeune homme s'installa confortablement, posa son attaché- case avec soin et, comme si de rien n'était, demanda à Onuma s'il voulait acheter des devises.

« Des livres ou des dollars ?

– Des dollars, mais si vous voulez des livres, c'est faisable.

– Non, merci. »

Le jeune homme eut un sourire poli, l'air de dire « excusez du dérangement », et saisissant son attaché-case s'en alla plus loin tenter sa chance.

Quand Onuma rentra le soir, il trouva Gloria déjà au lit, blottie dans un pagne mordoré. Sa peau couleur de miel sur l'or du pagne éclairait de reflets cuivrés la pénombre de la chambre. Onuma était déjà en érection, avant même d'avoir ôté ses vêtements. Elle faisait semblant de dormir, mais quand il se mit à tirer sur le pagne elle montra qu'elle était éveillée en remarquant :

« Tu ne parles pas de ton voyage, ni de rien ; et la première chose que tu veux faire, c'est baiser. »

Oh, comme c'était bien tout Gloria, se dit Onuma en continuant ses approches amoureuses.

## III

Le lendemain, à la gare routière d'Iddo, Onuma dut subir les violences réservées aux voyageurs en puissance. Un certain nombre de racoleurs fondirent sur lui. L'un le débarrassa de son sac, un autre de sa veste et un troisième le poussa dans une fourgonnette Peugeot. En jouant au mieux de ses poings, il réussit à retrouver quelque équilibre et à se caser dans une autre Peugeot, plus ou moins de son choix. Les rabatteurs qui l'avaient entrepris ne lui en tinrent pas rigueur. Bousculer les voyageurs faisait partie de tout un rituel égalitaire et donner et recevoir des coups en était un élément inévitable. Comme l'un d'eux le fit aimablement remarquer : « Si tu veux pas qu'on t'pousse, t'as qu'à t'ach'ter ta voiture. »

Onuma tressaillait de joie à la pensée que, dans quelques heures, il retrouverait sa voiture et serait libéré de la promiscuité des transports en commun. Et si la Jaguar n'était pas réparable ? Onuma repoussa cette éventualité inconcevable. Il posa une main protectrice sur la boîte à chaussures contenant quelques pièces de rechange, en prévision de réparations. Il savait qu'on ne pouvait se procurer ces pièces ailleurs qu'à Lagos.

La route du retour ne fut pas aussi déserte et menaçante qu'à l'aller. Le cadavre bouffi avait été enlevé par des samaritains anonymes. Au bout de quelques heures, la Peugeot se frayait un chemin à travers la foule bruyante et poussiéreuse du célèbre marché d'Onitsha. Onuma s'extirpa de l'odeur obsédante de tous ces corps mal lavés et prit un taxi à six pennies pour se rendre au Garage oriental. Celui-ci était coincé entre une école et une station d'épuration. Dans la cour s'entassaient quantités de vieilles voitures à des stades divers de délabrement. L'entrée était fermée par une chaîne tendue entre deux piliers et gardée par un vieux cerbère fatigué qui interpella aussitôt Onuma. Il l'avait vu sortir du taxi avec deux lourds cartons et, s'étant fait une opinion de ce client éventuel, affecta un suprême ennui.

« Qu'est-ce qu'y a ?

– Je veux voir le directeur.

– Y a pas d' directeur ici. Qu'est-ce qu' vous voulez ?

– Je veux une dépanneuse.

– Une dépanneuse ? J' croyais qu' vous vouliez voir l' directeur ?

– Bon, est-ce que je peux voir le directeur ? »

Le portier partit sans un mot et revint accompagné d'un petit homme en salopette.

« V'là l' mécanicien. »

L'autre regarda Onuma d'un air vindicatif. C'était un de ces hommes chagrins qui auraient aimé commander mais qui ont conscience de leur manque d'autorité.

« Qu'est-ce que vous voulez au directeur ? demanda le mécanicien.

– Je l'ai dit à ce monsieur.

– Je me moque de ce que vous avez dit à ce monsieur.

– Je voudrais louer une dépanneuse.

– On est fermé. »

C'était ce qu'avait craint Onuma mais sa détermination à récupérer sa voiture était si forte que rien ne pouvait le décourager.

« Vous fermez de si bonne heure ? »

Mais à cet instant, un petit homme basané, d'origine asiatique évidente, sortit d'un des bureaux et demanda : « Qu'est-ce qui se passe ?

– J'aurais voulu louer une dépanneuse.

– Bien sûr, dit l'Asiatique qui en fait était le mystérieux directeur. Vous avez eu un accident ?

– Oui, dit Onuma, à une quarantaine de kilomètres d'ici.

– Vous savez qu'il faut payer à l'avance ?

– Oui, bien sûr. »

Le mécanicien s'en allait, l'air grognon, quand le directeur remarqua sa présence.

« Le mécanicien ira avec vous », ajouta-t-il.

Le mécanicien ne dit mot, se contentant de leur tourner grossièrement le dos. Onuma, bien qu'empêtré de ses deux cartons, se dépêcha de le suivre dans le bureau, un cagibi minable encombré de vieilles pièces détachées. Ils restèrent à se regarder en chiens de faïence, comme s'ils se défiaient. La glace fut rompue par le caissier qui, sans doute sur les ordres du directeur, apporta les papiers à signer. Onuma se tourna vers lui avec soulagement. À la différence de son collègue, c'était un jeune homme avenant et de bonne mise. Il bavarda aimablement tandis qu'Onuma payait et signait. Après le départ du caissier, quand Onuma regarda dans la cour, il vit une dépanneuse qui l'attendait, assez délabrée mais qui tournait. Le mécanicien était installé au volant avec toujours le même air d'ennui morose. D'un geste las il fit signe à Onuma de monter. Quelques minutes plus tard, ils étaient sur la route.

À la grande surprise d'Onuma, le mécanicien se révéla être très bavard, le thème principal de sa conversation étant les brimades infligées par ses patrons. Les propriétaires de l'entreprise étaient des Libanais, ce qui était déjà une offense en soi.

« Remarque, je n'ai rien contre toi. »

Onuma fut heureux d'être rassuré sur ce point.

« Mais ces Libanais, je peux pas les encaisser. Regarde-le. Il se fait appeler directeur et il n'y connaît rien. C'est moi qui fais tout. En Europe où j'ai fait mon apprentissage, ce soi-disant directeur serait tout juste garçon de courses. Mais ici, parce que son frère possède l'affaire, on le bombarde directeur. Tu sais combien d'années j'ai passé en Europe pour apprendre le métier ? »

Onuma opina pour l'encourager.

« Six ans, cinq à Paris et un à Londres. Six ans en Europe, c'est pas du chiqué. Et qu'est-ce que ça me rapporte ? D'obéir aux ordres d'une merde de Libanais. »

Onuma ne put s'empêcher de penser que c'était cette merde de Libanais qui lui avait loué la dépanneuse, mais il laissa aimablement parler le mécanicien.

« Tu sais c' que j' ferais si j'avais mon mot à dire ?

– Quoi ?

– Les expulser tous.

– Il y aurait des problèmes d'indemnisation.

– Indemnisation, mon œil ! Ils ont saigné le pays. On ne leur doit rien. »

La sympathie d'Onuma pour cet homme opprimé grandissait. À sa manière de conduire on pouvait voir que c'était quelqu'un de compétent, probablement un expert en mécanique.

À peu près à mi-chemin d'Aniocha, ils passèrent devant une buvette appelée l'Hôtel International. Onuma le fit s'arrêter pour lui offrir une bière afin de l'égayer un peu. Cette bière l'égaya si bien qu'il se mit à rire et à parler très fort. Pendant le reste du voyage il parla de ses rêves frustrés, de son salaire de misère et de sa formation en Europe. On aurait dit qu'une vanne gardée toujours fermée venait de s'ouvrir. Il était presque de bonne humeur quand ils s'arrêtèrent au centre d'Aniocha. Onuma lui dit qu'ils n'étaient pas encore à destination. La physionomie du mécanicien se rembrunit. Ses soupçons revinrent.

« Mais tu avais dit Aniocha. Je l'ai entendu.

– C'est seulement un kilomètre plus loin. »

Il lui fallut du temps pour digérer cela. Puis, haussant les épaules avec résignation, il remit l'engin en marche et repartit, morose.

Quand ils arrivèrent à l'endroit où la Jaguar était tombée dans le précipice, son squelette dépouillé gisait au bord de la route. Le mécanicien était passé devant sans s'arrêter. D'abord Onuma se dit que la lumière incertaine du crépuscule l'avait induit en erreur, mais quand la dépanneuse fit marche arrière, ses appréhensions furent confirmées. Cependant, si puissant est l'aveuglement humain qu'Onuma refusait encore de croire à l'évidence qui s'étalait sous ses yeux. Tremblant d'espoir et de crainte, il sauta de l'engin et courut au bord du précipice. Il était bien là le rocher qui, par deux fois, avait sauvé sa voiture, mais n'avait pu le faire une troisième fois. Un vieux rocher indifférent à toutes les souffrances humaines. C'était bien l'endroit. Et ces morceaux de carcasse, c'était bien sa voiture.

Le tragique silence de mort fut rompu par la voix du mécanicien.

« Hein ! Ils l'ont bouffée, ces cannibales ? Ils n'ont pas fait de restes ! Qu'est-ce qu'on fait maintenant ? »

Onuma éclata en sanglots hystériques. Le mécanicien prit peur. Il n'avait pas été à l'aise avec ce jeune homme si insistant. Il s'était méfié de ce type dès le début et il avait eu raison. Cela le confirmait dans sa philosophie de la vie : on ne peut jamais rien faire avec les gens. Il fallait décamper au plus vite. Faisant donc faire un demi-tour à sa dépanneuse, il appuya sur l'accélérateur et partit à fond de train.

Onuma resta anéanti sous le poids de la solitude humaine et ses larmes se mirent à couler de plus belle. Et ce furent surtout ces larmes qui attirèrent les curieux tandis qu'il marchait vers la maison.

Oliaku fut la première à sortir de la concession et quand elle le vit encadré par la foule elle éclata en lamentations. De nombreux membres de l'*umunna* se trouvaient là aussi, et parmi eux Magic, preuve de l'efficacité du téléphone de brousse pratiqué par les paysans.

Udemezue, tenant une petite lampe à la main, se dressant, immense et indestructible devant son portique sculpté. La foule s'arrêta. Onuma qui marchait en tête s'arrêta aussi, accablé. Dans ses pleurs Oliaku avait inclus l'invocation aux mânes des ancêtres et quelques femmes lui faisaient les réponses.

« Entrez tous, fit Udemezue avec calme.

– Par ici, ajouta Magic, retrouvant son rôle de maître des cérémonies.

– Ça suffit, femmes ! » Un voisin fit taire Oliaku et les autres femmes éperdues dans leurs sanglots et les conduisit dans leur case.

Magic prit la situation en main. Tandis que l'assistance entrait dans *l'obi,* il attira Onuma à part pour lui glisser quelque chose à l'oreille, puis à voix haute à l'intention de tous : « Laissez-moi faire. » Sur ce, il entra dans la case, s'assit et se mit à se curer les dents.

Onuma resta seul dehors, à l'écart. Magic se mit à déclamer :

« Onuma, héros de Lagos, est-ce ainsi que tu

accueilles tes amis ? Qu'est-ce qui se passe donc ? » Il appela Onuma qui restait tout déboussolé sur le seuil : « Alors, dépêche-toi d'entrer et d'offrir l'hospitalité dans la maison de ton père ! »

Pour toute réponse, Onuma, se laissant tomber à terre, se mit à agiter bras et jambes, à se rouler et se contorsionner au paroxysme du désespoir.

Il y eut un profond silence. Puis il sembla se calmer, comme s'il s'endormait. On jugea plus sage de le laisser tranquille. Mais Magic cria de nouveau : « Onuma, allons, debout ! Cesse de faire l'enfant ! »

Est-ce cette injonction, ou quelque chose d'autre, on ne sait. Mais Onuma se releva et entra comme un somnambule dans sa maison.

« Je m'en occupe », dit Magic, avant que quelqu'un ait pu faire un geste et il suivit Onuma.

Au bout d'un moment, il revint, l'air important et chuchota à Udemezue : « Il dort, sa mère est avec lui. »

Udemezue avait fait face à cette nouvelle crise sans broncher, mais à l'annonce de Magic il se mit en devoir d'offrir l'hospitalité coutumière.

« Va voir s'il y a quelque chose dans cette cruche », dit-il à Magic.

La cruche était nonchalamment posée à côté des dieux familiers. Magic s'affaira un instant autour, puis secoua la tête. Tout le monde comprit et poliment refusa l'offre de vin de palme.

« Nous savons que c'est une mauvaise journée, mais les jours fastes vont revenir. »

Au bout d'un moment les parents se levèrent et prirent congé. Certains membres de l'*umunna* restèrent tenir compagnie à Udemezue puis partirent se coucher. Un vieux s'était mis à parler de choses et d'autres, quand Onuma fit irruption parmi eux dans une rage folle :

« Où est le mécanicien ? Cet enfant de salaud ! Il m'a volé mes bagages. Attendez que je retrouve cette fripouille. »

Il promena un regard vague sur l'assistance. Tous le regardèrent, éberlués. Et ainsi naquit la légende de sa folie.

## TROISIÈME PARTIE :

## CHAOS D'IMAGES

CETTE JOURNÉE promettait d'appartenir à Magic. Il apporta dans *l'obi* tous les accessoires de son « art occulte » : un morceau de ficelle teinté au bois de cam baptisé « le sang de Chandu », un bout de tuyau, un trident multicolore, des flèches ornées de plumes, un chapelet de cauris, une guirlande de plastique, une queue de vache chasse-mouches, des perles de couleur, des anneaux de forme cabalistique, des vieilles pièces de monnaie. Le sérieux avec lequel il déballa son attirail et sa foi en leur pouvoir étaient impressionnants.

Magic s'était attribué la responsabilité du traitement d'Onuma. Il avait formulé le diagnostic.

Onuma était possédé par un esprit très puissant, encore non identifié, ce que Magic se chargeait de faire en quelques jours.

Mais il ne soupçonnait pas la précarité de sa nouvelle fonction dans la maison d'Udemezue.

C'est Oliaku qui innocemment l'en dépouilla. Passé le stade des larmes de désespoir, Oliaku s'était attelée, l'œil sec et résolue, à la tâche de guérir Onuma. D'abord elle se rendit à Obunagu pour discuter avec la sœur d'Udemezue. Chijiokie convoqua aussitôt son *dibia*[1] préféré et tous repartirent chez Udemezue. La tante, ignorant superbement les hommes de *l'obi,* entra chez Onuma.

« Alors, on a comploté contre toi, mon fils à moi, mon aigle magnifique ? Mais ils n'y réussiront pas. Je m'en charge. »

Onuma jeta un regard hargneux sur les trois personnages debout à son chevet et ne dit mot.

Chijiokie se tourna vers le *dibia :* « Examine ce garçon, le seul que nous avons et ils veulent nous l'enlever. »

Le *dibia* hocha la tête, énigmatique : « Nous allons voir. » C'était un jeune homme d'aspect efféminé, gracile, qui se teignait les cils à l'antimoine. Oliaku l'emmena dans *l'obi* et s'en prit d'abord aux hommes présents :

---

[1] *Sorcier. (N.d.T.)*

« Personne ici ne va détruire mon fils. Je vous connais vous autres d'Aniocha. Je n'ai aucune raison d'être fière de vous.

– Le garçon va se remettre, dit Magic, agacé.

– Je le sais, et pas grâce à toi. »

Ayant pour ainsi dire vidé sa bile, elle se plia alors au cérémonial des salutations et finalement présenta le *dibia.* Udemezue approuva son choix. Il connaissait le père du *dibia :* « Nwafo Udeozo d'Obunagu, il a souvent prisé ici même avec moi. »

Magic aussi connaissait le *dibia* Udeozo et celui-ci le connaissait. Mais aucun n'appréciait l'autre. Leur antagonisme éclata aussitôt quand Magic servit du vin de palme au visiteur.

« Non, tu prends ce verre, dit le *dibia.*

– Nous sommes tous amis ici, répliqua Magic, furieux.

– Je sais, mais tu prends ce verre.

– Je te dis que nous sommes tous des gens paisibles ici. Nous ne voulons de mal à personne. » Magic était prêt à lancer le verre à la tête du *dibia.*

« C'est ainsi que nous faisons chez nous, insista le *dibia.*

– Allons, Ikenna, bois donc ce verre » dit Udemezue.

Magic but, puis remplit le verre à nouveau et le tendit au *dibia* qui, cette fois, l'accepta.

« Tu es rassuré maintenant ? demanda Magic, l'œil fulgurant.

– Ne te fâche pas, dit le *dibia* en s'essuyant les lèvres. Ce n'est qu'une formalité. Il est fort ce vin de palme ; il a le même goût que celui que nous avons bu aujourd'hui à la gare.

– Quelle gare ? demanda Magic heurté dans sa réputation de grand voyageur.

– Oboli.

– Oboli n'est pas près du chemin de fer. C'est à plus d'un kilomètre.

– Qui dit le contraire ? Un kilomètre, c'est encore près de la gare.

– J'ai longtemps habité à Oboli, affirma Magic, et ce n'est pas près de la gare. »

Udemezue interrompit la dispute en demandant à Udeozo s'il avait trouvé ce qui n'allait pas chez Onuma. Le *dibia* secoua la tête, l'air mystérieux, comme pour dire qu'il n'osait pas s'avancer mais qu'il fallait transporter Onuma à Obunagu pour qu'il puisse le suivre de près.

Cette suggestion fut bien accueillie. Emmener Onuma dans un autre village ôterait une source d'embarras pour Udemezue et couperait court aux commérages.

Mais Magic s'y opposa. « Il n'en est pas question, fit-il avec fermeté. L'arracher aux siens aggravera son mal. Il doit rester dans son cadre familier.

Je le sais. J'ai eu de nombreux cas semblables à Lagos, Kaura Namoda, Victoria, au Cameroun, quand j'étais à Mamfe… »

L'assurance de Magic indisposa Udemezue et le renforça dans sa décision d'éloigner Onuma, ne serait-ce que pour remettre le docteur occulte à sa place.

« Mon fils, dit-il à Udeozo, avec un regard mauvais pour Magic, il partira avec toi ce soir. »

Restait le problème de transporter Onuma et de le convaincre de la nécessité de son départ. Mais ce fut facile. Quand on lui dit ce qui avait été prévu, il accepta, indifférent. Et ce soir-là, en chemise et pantalon chiffonnés, il partit pour Obunagu, précédé par sa mère, le *dibia* et Chijiokie. Udemezue resta pour s'occuper des amis et leur offrir le vin de palme.

## II

Quand Onuma revint, deux semaines plus tard, son état n'avait pas empiré, mais son crâne rasé lui donnait un air désemparé et absent. Le *dibia* avait exigé cette tonsure comme première étape vers la guérison. On devait enduire le cuir chevelu de divers onguents qui n'auraient pu pénétrer à travers les cheveux. Onuma avait accepté, ou plutôt il en avait eu à peine conscience.

On l'avait pris par surprise, à un moment où ses facultés mentales étaient annihilées par la perte de son bien le plus précieux. Quand il reprit ses esprits, deux jours plus tard, il fulmina. Il refusa les potions du *dibia*. On essaya la douceur, la menace, mais Onuma se mit en colère et chassa le *dibia* avec quelques bons coups de pied. Alors on le laissa tranquille. Il resta chez sa tante car il avait besoin d'un peu de répit pour faire le point. Cet exercice – la recherche d'une trêve dans la bataille de la vie – se révéla infructueux. Car au lieu de réagir, et peut-être de tirer profit des circonstances, il laissa celles-ci le dominer et l'anéantir. Dans la vie comme dans le sport, l'important n'est pas de gagner mais de continuer à se battre.

La conséquence de ce repli temporaire fut qu'il devint vite un mode de vie. Deux semaines après son retour, il était toujours incapable d'affronter la bataille de la vie. Il restait couché des jours entiers à contempler le plafond et à ronchonner si quelqu'un lui parlait.

Udemezue se demanda s'il était guéri et fit part de ses doutes à Udeozo. Le *dibia* revint à Aniocha, les yeux joliment passés à l'antimoine ; il but du vin de palme, regarda Onuma et le déclara rétabli.

Pour preuve il affirma qu'Onuma avait engraissé, et la graisse a toujours été un indice de bonne santé.

En effet, Onuma avait pris du poids, mais c'était une graisse molle qui provenait du manque d'exercice. Elle disgraciait son corps harmonieux. Avec son crâne rasé et sa barbe de quinze jours il perdait rapidement sa belle prestance juvénile. Mais il s'en moquait. Les fibres de son être étaient rongées petit à petit. Le premier de ses principes à disparaître fut son souci de la propreté, de la beauté et donc de la vie. La plupart de ses somptueuses chemises avaient moisi dans l'humidité, mais il continuait à les porter. Il y avait tant de saleté ambiante qu'un peu plus de crasse ne se remarquait pas. C'était inutile de vouloir se distinguer de la masse. Au contraire, Onuma laissa ce qu'il appelait la grossièreté villageoise l'absorber dans son maelström. Il lui serait facile de se ressaisir à son retour à Lagos.

III

Il recommençait à songer à Lagos, à vivre dans l'attente d'une lettre de Lagos. Plusieurs fois par jour, il se rendait à la petite agence postale dont dépendait Aniocha. Le receveur, un maigre jeune homme sans cervelle, répondait à ses questions avec une bonne humeur inébranlable qui exaspérait Onuma.

« Ah, oui, les lettres de Lagos ? Elles ne sont pas encore arrivées. Mais dès qu'elles seront là, je vous les ferai porter. Ha, ha, ha ! » Et il gratifiait Onuma d'un sourire épanoui.

Un jour, Onuma surprit l'employé paressant sur la véranda de la poste avec quelques amis. Par terre, à côté de lui traînaient trois enveloppes

« Des lettres pour moi ?

– Ah, oui, j'allais vous les porter. »

L'employé ramassa les enveloppes, les épousseta et les tendit à Onuma. Puis il reprit sa conversation.

Onuma s'en empara et les ouvrit une à une. La première venait de son garagiste et contenait une facture de plusieurs mois d'essence qu'il avait achetée à crédit. La deuxième était un troisième avis d'échéance – il n'avait pas reçu le deuxième – de sa compagnie d'assurances qui l'invitait à renouveler son contrat. La troisième était la plus importante et venait de son employeur.

Elle était écrite par M. Koko et bien dans son style, appliqué, vertueux et ampoulé. Il avait dû jouir à l'écrire. Il ressortait qu'Onuma avait perdu sa place. Puis suivaient des platitudes sur « l'indélicatesse et l'abus de confiance » qui laissèrent Onuma de marbre. Apparemment, la Compagnie avait décidé de porter plainte.

Onuma ne sous-estimait pas la gravité du problème auquel il aurait à faire face à son retour à Lagos : trouver un autre emploi, convaincre M. Karolidès, s'expliquer avec la police, etc., d'autant plus qu'il lui faudrait faire toutes ces démarches privé de la béquille morale et physique d'une voiture.

## IV

Par ailleurs, il était confronté chaque jour à la dure réalité de l'indigence villageoise. Ses finances atteignaient le seuil critique. Il avait dépensé la majeure partie de l'argent de la Compagnie en pièces de rechange et pour payer la dépanneuse qui n'avait pas servi. Maintenant il touchait au fond de sa bourse. Et au village personne n'aurait pu l'aider. Pratiquement personne n'avait d'argent. Onuma était frappé par le degré de pauvreté des paysans. Si on avait voulu réunir tout l'argent en circulation, à peine aurait-on atteint quelques livres. Son salaire mensuel aurait pu nourrir tout le village pendant des mois.

À mesure que son argent fondait, certains signes laissaient entendre qu'il abusait de l'hospitalité du village. Par exemple, ses rencontres avec un albinos qui tenait une buvette où l'on pouvait se procurer de la bière fraîche. À son arrivée au village, ce personnage s'était littéralement aplati devant Onuma, lui permettant d'acheter des cartons de bière à crédit avec ce commentaire : « À quelqu'un de votre rang, pas question de réclamer de l'argent. » Maintenant l'albinos l'examinait avec méfiance et demandait : « T'as de l'argent ? » avant de le servir.

Il avait aussi des problèmes avec son père. Seule façon de supporter ce qu'il considérait comme l'échec de sa vie, Udemezue l'avait totalement rayé de ses pensées. Mais il ne pouvait admettre qu'Onuma devînt une charge pour ses maigres ressources. Un jour, il l'appela.

« On commence les récoltes, dit-il, et nous avons besoin d'ouvriers supplémentaires.

– Des ouvriers supplémentaires ?

– Demain matin tu iras avec les journaliers à la plantation de la colline.

– Alors tu penses que je vais rester ici ?

– Mais tu es ici.

– C'est impossible. Dès que j'aurai réglé mes affaires, je retournerai à Lagos. Ici, je me détériore. »

Udemezue ne réagit pas aussitôt, puis il se dit qu'il pouvait aussi s'apitoyer sur lui-même :

« Je me demande pourquoi c'est à moi que cela arrive. Quelque chose a dû contrarier les ancêtres. » Et il regarda sévèrement l'*Ikenga*, un des dieux lares importants. « Au diable, l'esprit des ancêtres », ajouta-t-il, et il sortit en prisant.

« Au diable, l'esprit de mon père », se dit Onuma.

On put mesurer l'abîme de désespoir où était plongé Onuma en le voyant se tourner vers Magic. Magic était en froid avec la famille Udemezue depuis qu'on avait dédaigné ses services. Mais quand il eut entendu Onuma, il s'attendrit quelque peu. Il fit la sourde oreille sur la question d'un prêt, mais fut généreux en conseils sur la manière de gagner de l'argent.

Dans un mois devaient avoir lieu des élections et Onuma pourrait obtenir un poste d'organisateur avec un salaire substantiel. Magic assura qu'il était secrétaire général du Parti pour les dix villes, et laissa entendre que si l'on se conduisait bien avec lui, il pouvait faciliter les choses. « Fais-moi confiance, je vais parler à mon ami, le Chef Eze d'Isu. »

Enfin Magic suggéra qu'il y avait un prêteur à Isu et que son taux d'intérêt était minime. Onuma accepta docilement. En d'autres circonstances, il aurait bondi à pareille humiliation mais ses facultés de décision s'étaient émoussées.

Magic amena Onuma à Isu. Mais, semble-t-il, le prêteur n'eut pas une bonne impression d'Onuma. Après un mystérieux conciliabule avec Magic dans le trou de souris qui lui servait de chambre, il revint dévider un long discours sur le difficile métier de prêteur. Onuma, tout à coup irrité, se targua de la situation en vue qu'il avait à Lagos. De plus, tout le monde savait qu'il était le fils d'Udemezue Okudọ d'Aniocha.

« Vous êtes resté combien de temps à Lagos ? demanda l'homme d'Isu.

– Quinze ans », dit Onuma.

Magic et le prêteur échangèrent un clin d'œil.

« Bon, je vais réfléchir et je vous donnerai ma réponse.

– Quand ?

– Bientôt », dit l'homme avec un sourire évasif.

Ce n'est que plus tard qu'Onuma saisit le sens de ce sourire. Magic et son ami d'Isu pensaient qu'il n'était pas sain d'esprit.

## V

Onuma était si déprimé qu'il avait besoin d'une boisson forte. Le bal mensuel d'Isu avait heureusement lieu ce jour-là. Il lui restait un peu de monnaie au fond de la poche pour se payer l'entrée et quelques verres. Mais le bal fut décevant. C'était comme une bulle crevée. L'éclat n'y était plus.

Onuma chercha une retraite plus tranquille : un bordel, à l'autre bout de la ville. Il venait de s'installer devant une bière quand se produisit un vacarme terrible venant de la cour. Un instant plus tard, une bande de fêtards envahit le bordel. À leur tête se trouvait un colosse dont la voix tonitruante était la cause du tumulte. Il continua son tapage, ébranlant la maison jusqu'à ses fondations. Il était si gros que sa poitrine s'étalait comme une énorme mamelle. Le groupe s'installa sur une banquette contre un mur décoré d'une scène de nu qui devait leur paraître d'un grand raffinement alors qu'il ne s'agissait que d'une paysanne lourdaude. À grands cris le gros homme réclama à boire et à manger, et à l'affolement des garçons courant en tous sens, il était clair qu'il était un personnage connu.

« Qu'est-ce que tu prends, Danger ? » rugit le gros homme.

Danger dit qu'il voulait de la chèvre rôtie.

« Garçon, de la chèvre ! » tonitrua le gros homme.

On la leur apporta dans de petits bols ronds. Gras-Double se jeta dessus, y plongeant les mains, enfonçant des morceaux entiers dans son énorme bouche, tout en continuant à parler.

« Écoute, je connais cette greluche depuis quarante ans. Raconte-leur quand on s'est envoyé en l'air la première fois. »

Un personnage d'âge et de sexe indéterminés était perché sur ses genoux, le visage lourdement fardé, des yeux mornes striés de sang, avec une robe minable et délavée.

« Ça fait si longtemps qu'elle est au turbin, la garce ! »

Les lèvres de la fille s'entrouvrirent sur un sourire sans joie. Elle malaxa la « mamelle ». C'était comme un signal amoureux car le gros homme se détendit comme un ressort et la suivit dans une autre pièce. Quand ils revinrent quelques minutes plus tard, le gros homme semblait avoir perdu tout son tonus. Tout flasque et traînant les pieds, il vint se laisser choir sur sa chaise, évitant le regard ironique de ses compagnons, et replongea ses doigts dans le ragoût de chèvre. Mais la fille resta debout, menaçante.

« *Oga,* alors ça vient ? »

Le gros homme ne releva même pas la tête.

« Tu veux qu' j' dise c' qu'y a eu ? T' veux qu' j' dise à tout l' monde ? T' vas pas êt' fier ! »

Toujours pas un mot du gros homme.

« Bon, si c'est comme ça, je l' dis. On a fait deux fois et j' veux dix shillings. » Sa voix devenait hystérique.

« Mange un bout d' viande », dit enfin le gros homme.

Il ne fallait pas lui en demander plus. Il avait gaspillé son énergie pour elle. Ce n'était pas juste de lui réclamer en plus de l'argent. Frustrée de son gain, la femme se défoula en lâchant une bordée d'injures, puis elle vint s'asseoir près d'Onuma, le seul qui n'avait pas l'air de se moquer d'elle. Plus par force d'habitude que pour toute autre raison, celui-ci commanda une bière pour elle. Sans mot dire, elle le regarda d'un air spéculatif. Onuma détourna la tête. Au bout d'un moment, elle lui donna un coup de pied sous la table.

« Qu'est-ce qu'il y a ? demanda-t-il.

– Tu me veux pour juste un moment ou pour toute la nuit ?

– Oh, laisse tomber », lâcha Onuma avec un haussement d'épaules impatient.

Elle ne comprenait pas. Lui aurait-il payé une bière s'il n'avait pas voulu quelque chose ? Peut-être ne l'avait-il pas entendue ? Elle lui donna un coup de pied. Il est temps de filer, se dit Onuma, qui se leva, paya les bières et sortit.

## VI

Onuma prit un autobus délabré. Ses compagnons de route étaient des paysannes des hameaux voisins qui étaient venues à Isu faire provision de manioc et de poisson séché. La rareté des transports les avait retardées, et finalement elles s'étaient résignées à prendre cet autobus poussif qui était resté toute la journée à attendre des clients. Il y avait une pile impressionnante de marchandises à embarquer. Le chauffeur, qui était lui-même un jeune homme presque nu, mais avec une casquette pleine de vermine, se délectait à houspiller les femmes.

« Eh, toi là-bas, espèce de… »

Et il employait une expression impossible à répéter.

« Tu peux pas charger ça.

– Mais c'est seulement le manioc que j'ai acheté hier. Si tu savais ce que ça m'a coûté ! glapissait la femme.

– Bon, amène ça par ici. Jamais vu des nouilles pareilles. Allez, remuez-vous. On va pas rester toute la nuit ici. »

Les femmes, au milieu de cris d'affolement et de rires hystériques, se bousculaient pour monter avec le reste de leurs paquets.

« Jésus ! À cette allure on sera pas rentrées ce soir !

– Combien t'as dit qu'elle t'a coûté la calebasse ?

– Au secours ! l'autobus s'en va : chauffeur, attends-nous ! »

Le chauffeur, avec une délectation sadique, avait fait ronfler le moteur comme s'il allait démarrer. Satisfait de la panique, il redescendit de son siège et les houspilla à nouveau.

Finalement, les colis avaient été chargés on ne sait comment. Puis la cargaison humaine dut se caser. Onuma fut coincé entre deux femmes inquiètes dont l'une semblait voyager pour la première fois. Ce fut un torrent de paroles pendant tout le trajet. L'une d'elles se plaignait de ses rapports avec sa co-épouse.

« Tu comprends, quand mon homme réclame de la sauce amère, elle dit " Y en a plus. – Quand est-ce qu'y en a ? " qu'il crie. "Je sais pas mais y en a plus." Alors elle repart chez son père et elle m'accuse d'avoir mis de l'*ogwú* dans la sauce pour détourner mon mari d'elle.

– Elle est folle !

– À qui tu le dis ! Il y a toujours eu des fous dans sa famille.

– Oh ! On a dépassé Isu ! cria la néophyte. Comme ça va vite ! Il y a pas une minute on était à Mbamili et maintenant on a passé Isu.

– Elle dit que mes enfants ne sont pas tous de mon mari et je lui réponds : « Allons devant *l'alusi*[1] pour prouver notre fidélité. »

– Tu devrais pas te disputer avec elle ; ça peut mal finir. »

Le contrôleur parcourait l'allée pour ramasser l'argent, escaladant la cargaison humaine et non humaine.

« D'Isu jusqu'à chez moi j'ai toujours payé deux pennies, fiston !

– Deux pennies ! Pourquoi pas vouloir voyager gratis ? Tu paies tout de suite ou bien je… » Il ne disait pas ce qu'il allait faire. Certaines femmes acceptaient de payer, d'autres s'entêtaient et arrivaient à leurs fins.

À son premier passage, le contrôleur était si

---

[1] *Dieu idole. (N.d.T.)*

absorbé par les femmes qu'il en oublia Onuma. Mais il devint évident qu'à son retour il le remarquerait. Onuma plongea la main dans sa poche pour préparer sa monnaie. Horreur ! Il avait dépensé son dernier penny pour acheter une bière à la fille du bordel.

Que faire ? Surtout ne pas céder à la panique qui faisait perler la sueur à son front et lui ébranlait les nerfs. Il ferait patienter le chauffeur jusqu'à Aniocha et il lui demanderait de l'accompagner chez lui pour emprunter trois pennies à son père, non, pas à Udemezue, peut-être à sa mère. Ou bien, pourquoi ne pas secouer ses poches avec étonnement en ayant l'air d'avoir perdu son portefeuille ?

« Votre place ? Celui qui a un costume, là, où est ton argent ?

– J'ai déjà payé, dit Onuma négligemment.

– C'est faux. Donne vite ton argent… ou je te jette dehors, costume et tout. »

Ses voisines le dévisagèrent. Elles savaient qu'il n'avait pas payé, mais leur sympathie allait toujours contre le contrôleur.

« J'ai déjà payé », insista Onuma. Puis il fit mine de se fâcher. « Cet homme m'énerve. Si j'avais su comment on travaille dans cette vieille guimbarde, je ne l'aurais pas prise. »

Mais cette remarque mettait en cause la qualité

de l'autobus, point sur lequel ses propriétaires étaient particulièrement susceptibles. « Qu'est-ce qu'y veut ? » cria le chauffeur qui arrêta brusquement le véhicule pour venir à l'arrière. « Qu'est-ce qu'il a dit ? » Il se dressait menaçant au-dessus d'Onuma.

« Il a un costume et il peut pas payer trois pennies.

– Qu'est-ce qu'il a dit sur l'autobus ? S'il te plaît pas, t'as qu'à aller t'acheter une voiture.

– J'ai une voiture !

– Il a une voiture ! »

Le chauffeur et ses deux aides s'en tenaient les côtes.

« Si vous saviez à qui vous avez affaire, vous seriez plus respectueux.

– Il a une voiture ! Une voiture de trois pennies. Flanquez-le dehors, cette cloche, un costume de trois pennies, ha, ha, ha ! »

Même les femmes furent frappées par l'incongruité de la situation et se mirent à rire.

« Flanquez-le dehors, ha, ha, ha. »

Mais Onuma n'allait pas subir cette ultime humiliation, surtout devant des femmes hilares. Il empoigna les montants du siège et s'y cramponna farouchement. Quelqu'un le saisit par le cou, un autre arracha ses mains du siège, un autre donna de la tête contre son postérieur.

« *Eshobay !* criait le chauffeur au comble du ravissement.

– Ho hisse », répondirent-ils tous.

Et ils l'envoyèrent s'étaler sur le macadam. Quand l'autobus se remit en route, un des contrôleurs cracha dans sa direction.

« Un de ces jours j'irai faire un tour dans ta voiture de trois pennies.

– Tu me paieras ça, cria Onuma en se relevant.

– Costume de trois pennies ! » Un rire énorme prolongea son écho dans la nuit.

Onuma aussitôt se projeta l'image de ce qu'il avait été, un prince en Jaguar dont toute cette valetaille n'était pas digne de cirer les bottes, mais cette vision fut un piètre baume pour ses genoux meurtris, et la pénible marche à pied jusqu'à chez lui n'en fut pas raccourcie.

## VII

En quête d'un moyen pour se sortir de sa léthargie, Onuma se dit qu'il pourrait peut-être essayer du côté de la religion. Il avait été élevé dans la religion catholique mais avait très vite abandonné sa pratique. À son avis, le christianisme ne pouvait rien apporter aux trois symboles sous lesquels il avait placé sa vie. Il n'illustrait pas la beauté comme pouvait le faire un corps de femme. Il n'évoquait pas la puissance comme, disons, Napoléon au faîte de sa gloire. Il ne symbolisait pas l'intelligence, la maîtrise de la vie par des facultés exceptionnelles.

Au lieu de ces valeurs positives, il offrait des valeurs négatives d'abnégation et d'humilité. Et ces valeurs étaient tout l'opposé de sa personnalité. De plus, elles ne servaient à rien dans cette partie du monde où la réalité fondamentale était représentée par trois mots : faim, maladie, pauvreté.

Mais si, intellectuellement, il s'était écarté du christianisme, émotionnellement, celui-ci l'attirait surtout en cette période de désespoir. Le christianisme avait été inventé par et pour les opprimés, et Onuma était devenu un de ces bannis de la terre. Alors il se mit à aimer la religion. Il redécouvrait l'atmosphère du dimanche, le sentiment de renaissance, les habitudes de communion fraternelle. Il se remit à laver ses chemises, en général le samedi. Comme il n'avait rien pour les repasser, il les portait chiffonnées, mais propres. Faute d'autre distraction, il attendait avec impatience la messe dominicale et constata qu'il pouvait écouter les interminables prières sans effort excessif. Les voix discordantes des choristes avaient un effet apaisant.

Mais un dimanche, quand il arriva à l'église, il trouva la porte à demi fermée, bloquée par un Tailleur à la mine sévère.

« Tu es en retard !

– Et alors ?

– Alors, tu dois payer une amende, voilà !

– Qui dit que je suis en retard ? »

Tailleur ne daigna pas répondre à une question aussi sotte, mais voulut empêcher Onuma de passer. Tout à coup, quelque chose longtemps contenu fut sur le point d'éclater. Peut-être Tailleur en avait-il lu les signes dans les yeux d'Onuma ; peut-être avait-il d'autres raisons de céder ; mais, haussant les épaules, il le laissa passer. Onuma avança, toujours bouillant intérieurement. Dans l'église régnait une tension sans doute engendrée par le mystère des portes closes, gardées par les instituteurs armés de fouets. Une grande séance d'inquisition se préparait. Depuis quelques semaines l'assiduité s'était relâchée. Les instituteurs et les catéchistes avaient fait un relevé des absents et ce dimanche serait celui des comptes. À la fin de la messe, les coupables furent appelés tout tremblants et répartis en groupes. Puis les catéchistes et les instituteurs entreprirent de donner le fouet aux garçons. Bientôt l'église retentit du bruit des gourdins et des cris de douleur. Les garçons « sages » furent dépêchés à tour de rôle dans la brousse pour couper des baguettes fraîches en remplacement de celles qui s'étaient brisées, et les victimes qui tentaient de s'échapper étaient ramenées d'une main ferme par les bedeaux. À la fin, le plancher de l'église était jonché de morceaux de baguettes et quelques galopins à demi nus continuaient à sautiller de douleur.

Le catéchiste, au milieu des notables formant le Conseil, suait abondamment, soufflant comme un bœuf. Les instituteurs, un peu moins épuisés, ramassaient les éclopés, en veillant à garder les portes fermées car le jugement des adultes restait à venir. Les fautes allaient de l'absence à la messe à l'omission de « faire ses Pâques ». Une variété d'amendes étaient perçues et la plupart acceptaient de payer. Un commando de paroissiens musclés ferait une descente chez ceux qui ne pouvaient payer pour prendre un bien en gage jusqu'à ce qu'ils se soient acquittés.

Onuma avait suivi toutes ces opérations avec un mélange d'impatience et de mélancolie. Il ne se sentait pas concerné par tout cela. À la fin de la messe il s'était levé pour partir, mais voyant les instituteurs fermer les portes et rappeler tout le monde, il avait attendu. Maintenant, après les bastonnades, il se leva et prit la direction de la porte. Un rugissement furieux le poursuivit.

« Onuma, fils d'Udemezue Okudo, où vas-tu ? Arrêtez-le ! Il veut s'enfuir. »

Onuma se retourna et vit Tailleur debout au milieu de l'allée, tel un prophète de la Bible prédisant les cataclysmes.

« Empêchez-le de partir », hurla Tailleur du ton qu'il aurait crié : « Au voleur ! » Trois jeunes gens lui barrèrent la route. Onuma jugea plus sage de se soumettre. Il avança donc vers le Conseil. Onuma était accusé d'avoir manqué l'église plusieurs dimanches. De plus, il avait promis un don de cinquante livres et n'avait pas tenu parole.

« On veut savoir si tu vas payer, oui ou non, si tu fais partie de cette paroisse, oui ou non. » Et pourquoi n'avait- il pas fait l'effort d'amener son père ?

« Ce que fait mon père le regarde. Je ne suis pas responsable de ses actes. »

La réponse fut jugée insatisfaisante. Le catéchiste, avec un sourire de triomphe, cita un passage de la Bible selon lequel quiconque laissait un parent mourir dans le péché serait lui-même damné.

Le procès semblait devoir se terminer sur cette note quand Tailleur vociféra : « Où sont les cinquante livres qu'il nous doit ?

– Vous aurez vos cinquante livres et même plus à mon retour à Lagos. Qu'est-ce que cinquante livres pour moi ? »

Cette noble désinvolture fit plutôt bon effet sur l'assistance.

« Personne ne doute de la famille Okudo, dit un récolteur de vin de palme admiratif, au milieu d'un murmure approbateur.

– Moi, je doute de lui, cria Tailleur. C'est bien joli de venir en voiture, comme si une voiture était une nouveauté ici. Ce type est aussi fauché que moi et pourtant il a acheté une voiture.

– Si c'est la voiture qui te tracasse, qu'est-ce que tu attends pour t'en acheter une ?

– Est-ce qu'elle était seulement à toi ? Ou est-ce que tu l'avais empruntée ?

– Même si tu empruntais une voiture, tu ne serais pas capable de la conduire.

– À d'autres ! »

Les deux hommes dressés comme des coqs se lançaient des injures en gesticulant. Finalement, le Conseil les ramena au calme, mais ce fut Tailleur qui emporta la victoire. Il fut décrété qu'une de ses possessions serait prise en gage chez Onuma jusqu'à ce qu'il paie les cinquante livres.

« Si quelqu'un vient chez moi, je l'assomme », cria Onuma.

Cette menace balaya toute velléité de bienveillance. Un grand nombre de volontaires indignés et vengeurs se proposèrent pour aller chercher le gage chez Onuma. Celui- ci les précéda. Il les regarda mettre sa maisonnette à sac et démonter son lit de fer. L'idée était de l'emporter en morceaux.

Mais tout à coup Tailleur découvrit sa radio à batterie.

« Ceci fera l'affaire, fit-il en raflant la radio et en partant avec.

– Rapporte cette radio », cria Onuma en le poursuivant. Ils franchirent le portail suivis par le reste des paroissiens. D'autres curieux surgissaient de partout.

« Si tu ne me rends pas cette radio, je te mets K.O., hurla Onuma en rattrapant Tailleur.

– Essaye voir. »

Onuma le renversa d'un coup de poing. Tailleur eut une curieuse réaction. Il resta couché, immobile, son air farouche transformé en une expression apeurée. Il y eut des cris d'effroi.

« Est-ce qu'il l'a tué ? demanda une vieille femme.

– Évidemment.

– Faites place », dit la vieille. Mais comme elle se penchait sur lui, Tailleur à nouveau surprit tout le monde. Il se releva lentement, secoua la tête, jeta un regard féroce sur la foule et tenant son oreille, partit en courant en direction d'Isu.

« Quoi ? cria la vieille, furieuse, montre-nous ta tête.

– La police s'occupera de toi », fit Tailleur sans cesser de courir.

## VIII

Deux policiers tenaient le poste d'Isu. Ils avaient horreur de travailler le dimanche et rabrouaient souvent les villageois qui venaient porter plainte pour des bagarres ou des petits larcins. Le sergent était un matamore aviné, prêt à passer les menottes à ses adjoints si l'envie l'en prenait. Le caporal était un jeune entêté qui contestait tous les ordres quel que soit le degré d'ébriété de celui qui les donnait. Mais ce dimanche-là un sentiment commun d'ennui les rapprochait. Le sergent avait envoyé le caporal acheter du *gari*[1] et de la morue séchée. Ils les avaient mis à tremper et buvaient la saumure avec délices. C'est à ce moment que Tailleur fit irruption, épuisé mais délirant de fureur.

[1] *Poudre de manioc. (N.d.T.)*

« Je viens porter plainte pour coups et blessures. »

Le sergent le regarda sans aménité.

« Tu peux attendre.

– Il m'a presque tué. Je vais lui montrer de quel bois je me chauffe.

– Tu t'es bagarré ? demanda le caporal, à peine curieux.

– Il m'a presque tué, pleurnicha Tailleur.

– Est-ce que c'est une raison pour m'empêcher de finir mon *gari* ? grogna le sergent. Tu t'assois sur ce banc ou je te mets au trou. Coups et blessures, tu parles ! Dommage qu'on t'a pas fendu le crâne ! »

Tailleur se glissa sur le banc, se tenant la tête, dans une posture exagérée de souffrance.

Les deux policiers poursuivirent tranquillement leur repas. À la fin, restauré et un peu radouci, le sergent, s'essuyant les lèvres du revers de la main, demanda à Tailleur : « Alors, qu'est-ce que tu veux ?

– Il m'a presque tué, pleura de nouveau Tailleur.

– Ton copain n'a pas un nom ? cria le sergent, à nouveau irascible.

– C'est le fils d'Udemezue Okudo à Aniocha.

– Ah, tu viens d'Aniocha ?

– Oui… C'est une chance si je n'ai pas été tué.

– Quel bon débarras ç'aurait été ! Maintenant raconte ton histoire. Et commence par le commencement.

– C'est exact, dit Tailleur. C'est l'église qui nous a envoyés chercher ses affaires. Il nous devait de l'argent, vous comprenez. »

Tailleur fit un long exposé sur la manière de prélever les amendes à l'église.

« Oui, oui, je sais ça », fit le sergent. Il n'écoutait plus. Il lui venait juste à l'esprit qu'il pouvait charger son subordonné de cette corvée. Mais le caporal refusa.

« J'ai fini mon service, dit-il en regardant sa montre. Il est douze heures, mon remplaçant devrait être là.

– Mais il n'est pas là. Tu es de service jusqu'à ce qu'il arrive.

– Je ne suis pas responsable de son retard.

– Tu refuses de prendre la déposition de cet homme ?

– Oui, chef.

– Caporal, c'est un ordre.

– Ce n'est pas un ordre ; je ne suis plus de service et personne ne peut me donner d'ordres dans mon temps libre.

– Bien, j'en prends note », dit le sergent. Il tira un crayon de derrière son oreille et se mit à griffonner furieusement sur un chiffon de papier. Au bout d'un moment il releva la tête pour voir si son geste avait de l'effet. Il fourra son crayon derrière son oreille, prit son calepin et sortit. Le caporal se tourna vers Tailleur.

« Tu as participé à une rixe ? »

Tailleur répéta que le fils d'Udemezue Okudo l'avait frappé.

« Il est venu chez toi et il t'a frappé ? »

Tailleur répéta son histoire.

« Je vois, dit le caporal, tu as pris part à une rixe. Où dis-tu qu'il habite cet agresseur ?

– C'est le fils de *l'ozo* Udemezue Okudo, d'Aniocha. »

Le caporal réfléchit. S'il se chargeait de cette affaire, il devait aller à dix kilomètres, et pendant son temps de liberté par-dessus le marché. Non, il attendrait son remplaçant. Mais le remplaçant n'arriva pas. Au bout d'une heure, le caporal décida de lui laisser une note « explicative ». Il enferma Tailleur dans une petite cellule. Juste au moment où il partait, son collègue arriva, mais le caporal était trop pressé pour se répandre en reproches.

« Une histoire de bagarre. Il y en a un dans la cellule. Il faudra sans doute aller arrêter l'autre.

– D'accord. »

Mais quand le policier lut la note, il estima que le caporal qui avait commencé le travail devait le terminer. L'affaire pouvait attendre le lendemain. Ça ne ferait pas de mal au type de passer une nuit au violon pour se calmer.

Le lendemain, le caporal apparut à Aniocha en civil et demanda un certain *ozo* Udemezue Okudo. Les paysans assis sur *l'ogwe*[1] firent aussitôt le lien avec l'incident de la veille. Ils reconnurent le policier et le traitèrent selon le code du village. Un représentant de la maréchaussée devait toujours être induit en erreur, mal informé ou dirigé sur une fausse piste.

« Udemezue Okudo ? dit quelqu'un. Il n'est pas d'ici.

– Je crois qu'il y a quelqu'un de ce nom à Obunagu, ajouta un autre complaisamment. Son fils aîné a une grande maison de trois étages. »

Le caporal comprit qu'il ne pourrait rien tirer de ces gens-là et repartit. Finalement, un fermier sans méfiance le dirigea chez Udemezue.

Udemezue était seul au logis. Le caporal vit sur-le-champ qu'il avait affaire à quelqu'un de poids et agit avec prudence. Tout ce qu'il souhaitait, c'était un prétexte pour ne pas donner suite à l'affaire. Aussi fut-il plein de circonlocutions et d'excuses pour s'adresser à Udemezue. Mais à sa

---

[1] *Banc de rondin. (N.d.T.)*

surprise, le vieil homme semblait s'être fait son opinion et appela aussitôt Onuma.

Onuma reconnut le caporal. C'était à lui qu'il avait signalé l'acte de « cannibalisme » sur sa voiture. Depuis, chaque fois qu'il s'était présenté au poste, on lui avait dit que le caporal était « absent aujourd'hui ».

En le revoyant, Onuma fit une remarque nar quoise sur son étrange absentéisme. Le caporal prit la mouche. Il était ici en accusateur et non en accusé. Il se sentait plus à l'aise d'avoir affaire à quelqu'un de son âge et peut-être de même mentalité. Il attira Onuma à part pour lui dire : « On vous demande au poste. Vous avez été mêlé à une rixe. » Voyant Onuma un peu déconcerté, le policier profita de son avantage : « L'autre coupable est sous les verrous. » Il se tut, attendant la réaction d'Onuma. Mais celui-ci, pour se disculper, s'en prit à Tailleur.

« Bon, vous avez intérêt à m'accompagner au poste. »

Onuma fut emmené sous les yeux de pratiquement tout Aniocha. Au poste, le caporal fit son rapport. « Une histoire de bagarre, sergent, voici l'autre coupable.

– Enfermez-le, caporal.

– C'est ce que j'allais faire, sergent. »

Le caporal avait attendu jusqu'à la dernière

minute qu'Onuma achète sa liberté. Quand il apparut que ce dernier en était incapable, il perdit patience et fut très expéditif pour le mettre sous les verrous.

## IX

L'affaire fut portée devant le tribunal coutumier d'Isu, composé des chefs de famille des villes voisines et d'un président. Celui-ci était un gros homme qui portait des vêtements royaux et une couronne de pacotille. Son autorité sur les dix villes était grande, car, avec astuce, il tirait de nombreuses ficelles politiques. Un des premiers à deviner les avantages d'une alliance entre les politiciens et la royauté authentique ou fabriquée, il s'était proclamé roi – Eze –, et à l'Indépendance il avait obtenu une place dans le Cabinet. Ainsi, non seulement il rehaussait son prestige personnel, mais il donnait du lustre aux cinq villes en les faisant accéder par son intermédiaire à la source du pouvoir et du profit. À partir de ce moment, le district fut pratiquement sa chose. Il n'était pas seulement l'Eze d'Isu mais de toute la région. Il pouvait octroyer un bureau de poste à un village docile ou en supprimer un dans un village rétif.

La présidence du tribunal coutumier était une de ses nombreuses attributions. Il y arriva en retard, accompagné de toute une suite portant les emblèmes de *l'ozo,* s'installa sur un semblant de trône et garda un noble silence tandis que les autres interrogeaient les prévenus. Quand arriva le tour d'Onuma, la conduite des débats fut laissée au caporal. Celui-ci déclara qu'il s'agissait d'une bagarre.

« Non, protesta Onuma.

– Tais-toi, dit un des juges. Tu veux en savoir plus que le policier ? »

Le caporal confirma qu'il s'agissait d'une bagarre.

« C'est tout ? » demanda l'Eze en se tournant vers son serviteur qui agitait un éventail de plumes.

Oui, c'était tout. Et qu'est ce que ces garçons avaient à dire avant d'être envoyés en prison ?

Tailleur invoqua la vieille coutume selon laquelle l'église réclamait un tribut à ses membres. Ceci à l'intention de l'Eze dont Tailleur connaissait les démonstrations d'attachement à l'église et certains dons substantiels. Il est possible que cela ait influencé sa décision, car Tailleur s'en tira avec cinq livres d'amende tandis qu'Onuma fut condamné à deux mois de prison.

Mais au moment où on allait emmener les coupables, l'un des juges demanda : « N'est-ce pas le fils d'Udemezue Okudo ?

– Qui ça ? demanda l'Eze.

– Le jeune homme.

– Udemezue Okudo d'Aniocha ? répéta l'Eze.

- Silence ! silence ! cria le policier, s'attendant à une déclaration du grand homme.

– Sergent, ramène ces jeunes gens. »

Tailleur et Onuma furent ramenés dans le prétoire.

« Tu es le fils d'Udemezue Okudo ? » demanda l'Eze d'un ton sévère. Onuma répondit oui.

« Est-ce que tu te rends compte de ce que penserait ton père si je t'envoyais en prison ? »

Onuma savait ce que penserait son père mais jugea plus sage de se taire.

« J'ai bien envie de doubler la sentence comme exemple pour les autres. Ces jeunes gens ne respectent rien. »

L'Eze fit un long sermon sur les errements de la jeunesse, terminant par « si tu n'étais par le fils d'un respectable ancien, j'aurais… » et arrêta là sa menace.

« Qu'il disparaisse de ma vue. »

Un des aides comprit ce qu'on voulait de lui ; il emmena Onuma et le libéra.

« Et toi, dit sévèrement l'Eze à Tailleur, as-tu payé ton amende ?

– J'étais au service de l'église, Votre Honneur, larmoya Tailleur.

– Bon, va payer ton amende et qu'on ne te revoie plus. »

Un policier se saisit de Tailleur et le mit en prison pour trois mois, jusqu'à ce que quelqu'un se souvînt de son existence. Sur le chemin du retour, Onuma fut accosté par un personnage mélancolique.

« C'est vous la personne ?

– Quelle personne ? » demanda Onuma sur la défensive. Il n'était pas d'humeur à jouer aux devinettes.

Son interlocuteur fit un geste vague, l'air de sous-entendre : « ça n'est pas mon affaire » et dit : « Venez voir l'Eze. »

Onuma un peu inquiet le suivit dans un appartement contigu au tribunal où se réunissaient les juges. L'Eze y trônait en grand appareil, entouré d'une foule de plaideurs. Il était en train d'écouter patiemment un fermier d'Isu.

« Votre Honneur a dit que ma femme devait revenir à la maison ; mais elle ne l'a pas fait, et les siens refusent de me rendre la dot.

– Va leur dire que j'ai dit qu'elle doit revenir.

– J'y suis allé plusieurs fois mais ils ne veulent rien entendre.

– Va leur dire que j'ai dit.

– Oui, Votre Honneur.

– Emmenez-le », dit l'Eze en faisant signe à deux hommes qui emmenèrent le fermier malgré ses cris perçants.

Puis l'Eze jeta un coup d'œil sur Onuma et détourna la tête.

« Le voilà », dit le messager.

Sans un regard, l'Eze les congédia d'un geste. « Allez discuter tous les deux », dit-il.

Dehors l'homme dit à Onuma : « Tu devrais venir chez l'Eze à Isu. Tu sais où il habite ?

– Oui, mais de quoi s'agit-il donc ?

– Vas-y, c'est tout. » Et il partit, toujours mélancolique.

Onuma rentra chez lui, s'étranglant de rage. Et le regard froid de son père l'exaspéra encore plus.

« J'ai failli aller en prison et personne n'a levé le petit doigt.

– On parle de toi dans toute la ville, rétorqua Udemezue amer. Un fils Okudo envoyé en prison comme un voleur ! Je n'aurais jamais cru voir cela.

– Et pour moi, est-ce que tu crois que ça a été un plaisir ?

– Je pense que tu ferais bien de quitter la ville. Peu importe où tu vas, pourvu que tu partes.

– Je m'en vais à Lagos. Et vous verrez tous ! »

Udemezue continua à priser dans un silence olympien.

## X

En raison des élections imminentes, il y avait de la politique dans l'air, et comme l'avait déjà laissé entendre Magic, Onuma pouvait y trouver l'occasion de redorer son blason. Les activités politiques ouvraient des perspectives inégalées de réussite immédiate. On pouvait être pauvre aujourd'hui, millionnaire le lendemain. Pour retrouver son identité, Onuma estimait nécessaire de retrouver les sommets de prestige que conférait la possession d'une Jaguar. Rien d'autre ne valait qu'on se batte. En fait, là était l'explication de son inertie. Il préférait cent fois stagner dans un village sordide plutôt que gaspiller son énergie à lutter pour autre chose qu'une Jaguar. Mais s'il faisait de la politique ? Ne serait-ce pas une partie à la mesure de son talent ? Il eut donc hâte d'aller voir l'Eze. Il savait fort bien ce que représentait ce vieux charlatan, mais sa situation était désespérée et il avait passé le stade de faire la fine bouche.

# XI

Chez lui, l'Eze semblait abandonner ce silence de sphinx qu'il affichait au-dehors. Vêtu d'une chemisette usagée et d'un pagne, il était assis sur un canapé. Les domestiques lui apportaient les plats qu'il goûtait et faisait ensuite passer, en ne cessant de parler. Mais quelle que fût son humeur, ses traits épais restaient impassibles. Le « palais » était un heureux compromis entre deux traditions courantes dans les dix villes. D'une part, il comportait une vaste entrée correspondant à un *obi,* avec des panneaux sculptés et un autel surélevé pour les lares. D'autre part, une enfilade de salons et de chambres à coucher, le tout couvert d'un toit de tôle.

Quand Onuma vint lui rendre visite, l'Eze le reçut avec cordialité.

« Tu es le fils d'Udemezue Okudo ? Nous avons grandi ensemble. Dans ma jeunesse, j'ai habité Aniocha. »

Les autres habitants d'Isu, assis autour de l'Eze, connaissaient aussi Udemezue et l'on parla de ses exploits de jeunesse.

« Va voir mon secrétaire, Kabu Kabu. Il te

donnera toutes les explications », dit l'Eze en désignant une chambre voisine.

Kabu Kabu, le secrétaire, se révéla être le personnage mélancolique qui avait accosté Onuma la veille. Il était installé à une table monumentale, plongé dans des piles de factures. Derrière lui se tenait un garçon qui lisait à haute voix une liste de noms de localités épinglée à un tableau.

« Uruoji : cinquante anciens à cinq shillings chacun, total douze livres dix shillings… Obunagu : cent anciens, vingt cinq livres… Mbamili… Aniocha…

– Ça va… Et l'argent pour la police et les magistrats ?

– Police, lut le garçon. Un inspecteur reçoit cinq livres, un sergent une livre, un agent ordinaire dix shillings.

– C'est trop, décréta le secrétaire. Après tout, aux dernières élections, qu'est-ce qu'ils ont fait d'autre que laisser rentrer ceux qui votaient contre nous ? Et nos électeurs n'ont pas pu venir voter plus de deux ou trois fois. C'est de l'argent gaspillé. Réduis à cinq shillings.

– Oui, monsieur, trois inspecteurs, dix sergents, vingt agents…

– Et les magistrats ?

– Les magistrats ? Je ne les trouve pas..

– Regarde plus bas.

– Ah, oui, les magistrats, dix livres chacun… »

Ils étaient si absorbés dans leurs comptes qu'ils ne s'apercevaient pas de la présence d'Onuma. Soudain, le secrétaire leva la tête, fit signe à Onuma de s'asseoir et continua son travail.

« Et combien pour la marijuana, petit ?

– Dix grammes par jour par garde du corps. Et nous en avons vingt cinq.

– On dépense une fortune en marijuana », gémit Kabu Kabu, notant la somme. Il releva à nouveau la tête, gratifiant Onuma d'un regard absent.

« Qu'est-ce que vous faisiez à Lagos, à ce qu'on dit ?

– J'étais directeur des relations publiques.

– Nous sommes au courant de tout sur vous. » Et il brossa un tableau détaillé de la carrière d'Onuma. « Et maintenant vous êtes sans emploi. C'est pourquoi nous vous embauchons pour ces élections. »

Il sourit avec seulement la bouche.

Onuma se demanda d'où Kabu Kabu tenait tous ses renseignements. L'homme était un filou mais on était impressionné par sa solidité. Il était facile de voir ce que ce ton chagrin cachait d'énergie et même d'âpreté.

Considérant qu'Onuma avait accepté son offre, il demanda brusquement :

« Est-ce que tu fumes ? »

Bien sûr, Onuma comprit qu'il ne s'agissait pas de tabac. Il secoua la tête.

« Ça fait dix grammes d'économisés », dit Kabu Kabu presque à regret. Et il s'enfouit à nouveau dans ses registres. Finalement il ajouta :

« Tu viendras tous les deux jours aux instructions. Entre-temps, circule dans les dix villes et garde les oreilles ouvertes. On te fournira une bicyclette et peut-être plus tard... » Il ne termina pas sa phrase mais Onuma devina la suite : une voiture...

Kabu Kabu n'allait pas s'engager si vite. Onuma recevrait aussi un salaire. Le secrétaire prononça un chiffre qui, comparé au dénuement actuel d'Onuma, était un pactole.

« Maintenant, je vais te donner une bicyclette », dit Kabu Kabu en se levant. Comme ils sortaient, l'Eze demanda : « Est-ce que vous vous êtes mis d'accord ?

– Nous sommes en train, répondit Kabu Kabu de son air dolent.

– Bien. Jeune homme, dis à Udemezue que cela fait longtemps que je n'ai pas goûté son vin de palme.

– Oui, Excellence.

– Parfait. »

Kabu Kabu emmena Onuma dans une remise et choisit une Raleigh parmi la douzaine de bicyclettes flambant neuves appuyées au mur. Il nota soigneusement le numéro du cadre, la tendit à Onuma et le quitta.

Onuma avait à nouveau le sentiment d'exister, même si sa fonction n'était que celle de relations publiques – ou selon l'euphémisme nigérian « secrétaire à la propagande » – d'un aigrefin.

## XII

Magic fut le premier à féliciter Onuma pour son nouvel emploi. « Tu dois entrer au Parti, dit-il.

– Mais j'y suis déjà, répondit Onuma.

– Tu y es entré quand tu étais à Lagos ? Ça n'a rien à voir. Tu dois t'inscrire à nouveau chez nous pour avoir une carte du Parti. » Et du ton dont c'était dit, il était clair que l'obtention de la carte dépendait du bon plaisir de Magic. Ses activités des jours suivants suggérèrent à coup sûr qu'il était la cheville ouvrière de la vie politique à Aniocha. Deux ans plus tôt, Magic avait intrigué pour se faire donner à titre honoraire la fonction de « sonneur de gong municipal » ; et il se servait maintenant du gong pour promouvoir ses intérêts politiques. Ce soir-là il parcourut le village pour annoncer qu'il y aurait une réunion du Parti le lendemain à la mairie. Le Parti, c'était l'Union du Peuple Nigérian, cela allait de soi. L'UPN était le seul parti existant. Personne n'osait en fonder un autre. S'opposer au Parti signifiait manquer de foi en la destinée de la nation.

Le danger d'être éclipsé dans le Parti à Aniocha n'échappa pas à Magic. Ce soir-là, quand la section locale de l'UPN se réunit à la mairie, il s'attacha à isoler Onuma. Il ne lui fit aucun sourire ; il fut sec et hostile chaque fois qu'ils se trouvèrent face à face. Les autres membres étaient un maçon balourd qui, paraît-il, avait travaillé au Cameroun, un certain M. Augustin, le M. étant la marque d'une distinction particulière, ancien gardien de prison devenu guérisseur, et l'albinos qui tenait le débit de boissons. Tous trois avaient en commun le fait d'avoir à un moment donné eu l'expérience du monde extérieur et de former ainsi un lien entre Aniocha et la civilisation. Magic, après avoir jeté un regard sombre sur Onuma, souleva la question des cotisations.

« Qui a payé sa cotisation ici ? »

L'albinos envoya une bourrade au maçon :

« Hé, mon vieux, c'est toi le trésorier. »

Le maçon qui prisait avec placidité sursauta.

« Qu'est-ce qu'il y a ? demanda-t-il à l'albinos.

– Lis-nous les noms des retardataires, demanda Magic.

– Les noms ? éclata de rire le maçon. Personne n'a jamais rien payé. Tu as payé, toi ? ajouta-t-il avec un coup d'œil en biais à Magic.

– C'est parce que tu n'es pas venu réclamer, se hâta de répliquer Magic. Nous, ici, on n'est pas à dix shilllings près !

– Parle pour toi, éclata de rire l'albinos, si j'avais toujours dix shillings, je dirais adieu à la faim. »

Alors Magic essaya une autre ligne d'attaque. Il décrivit le mal qu'ils avaient eu à implanter le Parti à Aniocha. Il n'était que justice qu'ils recueillent maintenant les fruits de leurs patients efforts. Mais quelqu'un se préparait à les frustrer de leur récompense. Quelqu'un était allé à Isu et avait mangé l'argent de l'Eze destiné à toute la population d'Aniocha. Cet argument toucha des cordes sensibles et déchaîna aussitôt les passions.

« Qui c'est ? demanda l'albinos agressif.

– Ha ! siffla écœuré M. Augustin, c'est toujours pareil à Aniocha. Le singe fait le sale travail et c'est le babouin qui mange. »

L'incident dégénéra en récriminations générales. Magic n'avait pas de preuves pour lancer une accusation précise.

Onuma se débarrassa de Magic en annonçant qu'il avait été nommé président de la section locale d'Aniocha. Magic eut un rire incrédule.

« C'est comme ça aujourd'hui. Ici on travaille pour rien, on se démène et là-bas ils pensent qu'ils peuvent nous commander. Va dire à ton Eze… »

L'albinos avait écouté Magic, éberlué. À la fin, incapable de se contenir, il éclata : « Tu remets ça ? Qu'est-ce que tu sais du Parti ? Est-ce que t'es l'Eze ? Si l'Eze veut nommer c' jeune homme comme président, c'est pas à toi de dire non. C'est ti qu' tu sais lire ? Est-ce qu' t'as été à l'université ? C'est ti pas qu' t'es un plouc comme nous ?

– Non, je suis pas un plouc ; tu sais pas à qui tu parles.

– Ouais, ouais, on les connaît tes voyages : mais ça t'empêche pas d'être un cul terreux. »

M. Augustin qui n'avait cessé de priser pendant l'altercation enfonça une dernière pincée dans ses narines et entre deux soupirs de contentement donna son verdict :

« Jeune homme, Président, j' te salue. Si Magic y veut s' choisir son président, y peut. Mais pour moi, l' choix de l'Eze, ça m' va, ha, ha, ha ! »

Magic, sentant que le vent tournait, fit promptement retraite.

« J'ai pas dit que c' jeune homme, y l'est pas not' président. J' vais pas discuter les ordres de l'Eze. Vous m' connaissez, vous savez comme j'ai toujours été loyal. Dites à Magic c' qu'il doit faire et c'est fait. »

Comme preuve de sa bonne volonté, il tendit la main à Onuma, mais Onuma décida d'ignorer cette main.

Le sujet avait perdu tout intérêt pour l'albinos qui maintenant s'interrogeait à mi-voix sur un autre candidat qui voulait s'opposer à l'Eze.

« C'est Ikpa, hein ? demanda M. Augustin.

– Oui ; opina l'albinos, c'est ce cinglé d'Ikpa comme on l'a toujours appelé. Et il est toujours aussi fou ; qui, sinon un fou, irait défier l'Eze ?

– Mais est-ce qu'il a de l'argent ? S'il a de l'argent, il peut être aussi cinglé qu'il veut. C'est tout ce qui nous intéresse. Les candidats parlent, parlent, mais ils ne font rien. Quand il s'agit de tenir les promesses, y a plus personne.

– Il a de l'argent, ça, oui. J'ai entendu dire qu'il a volé tout l'argent d'une banque dans le Nord.

– Oh, c'est bon, ça. Quelqu'un doit aller lui réclamer not' part, dit M. Augustin.

– Le président et moi », dit Magic.

Pas d'objection. La proposition fut donc acceptée.

# XIII

Onuma fut surpris d'apprendre que l'adversaire de l'Eze était Ikpa d'Obunagu, son cousin germain du côté de sa mère, le fils d'Adu. La nouvelle n'était pas inattendue seulement pour Onuma car Ikpa avait tenu ses intentions secrètes jusqu'au dernier moment et s'était tout à coup projeté au premier plan. Il plaçait sa campagne sur le plan religieux. Ayant présenté l'Eze comme protestant il comptait sur la forte solidarité catholique des dix villes. Ikpa avait quitté les dix villes il y a longtemps et était revenu seulement six mois avant les élections. Ce qu'il avait pu faire en si peu de temps était incroyable. D'abord, il s'était fait nommer Chef. Ensuite, il avait acheté une Mercedes, avec un klaxon musical et l'inévitable fanion du Parti piqué sur le capot. Puis, par certains dons judicieux aux missions, il s'était forgé une réputation de générosité. Lui aussi, comme l'Eze, essayait d'évoquer une ère légendaire d'abondance qui, loin de le discréditer, rehausserait sa position. Il ne fallait pas seulement être riche mais en présenter les signes extérieurs.

Les signes extérieurs du statut d'Ikpa comprenaient plusieurs femmes. Il en épousa quatre en revenant à Obunagu. À la consternation de sa première épouse, qui avait vécu heureuse avec lui pendant vingt ans. Puis il lui fallut se construire un palais. La bâtisse comptait quatre étages avec beaucoup de fenêtres et des volets rouge vif. Les trois étages supérieurs étaient pratiquement vides. Ikpa séjournait surtout au rez-de-chaussée qu'il avait conçu comme un mélange *d'obi* traditionnel et de maison communale. Il s'attacha une troupe de griots, et dans la pure tradition seigneuriale on offrait toujours le vin de palme dans *l'obi.* La première réaction d'Onuma fut de se demander combien de temps tout cela durerait.

Il semblait invraisemblable qu'Ikpa en fît tant pour une élection qu'il n'avait aucune chance de gagner. Et cependant Ikpa croyait vraiment à son succès.

Onuma, même s'il mesurait nettement la folie du projet d'Ikpa, lui enviait son esprit positif et son sens pratique. Il offrait un tel contraste avec sa propre indécision.

Quand Onuma arriva chez Ikpa, il se rendit d'abord chez sa tante Adu. Il la trouva assise sur un lit surélevé. Ikpa avait fait recouvrir la case de tôle ondulée mais il avait eu le bon sens de conserver la construction de pisé traditionnelle. Retrouver sa tante fut pour Onuma un second retour dans la famille. Son enfance s'était partagée entre sa mère et Adu. Celle-ci était la sœur aînée, mais les deux femmes se ressemblaient étrangement par le même caractère placide, la même patience obstinée. Adu l'accueillit avec son sourire tranquille. Les nouvelles femmes qui vivaient près de leur belle-mère l'accueillirent plus bruyamment.

« Tu m'emmènes à Lagos ? demanda l'une d'elles.

– J'ai déjà une femme, tu devrais le savoir !

– Laquelle ? Celle d'Aniocha, celle de Mbamili, ou celle d'Isu ?

– La seule qui compte.

– Est-ce qu'elle te fait de la bonne sauce amère ?

– Elle peut me nourrir toute la nuit si je veux. »

Quand Onuma monta au quatrième étage, il trouva Magic et quelques autres, riant avec déférence à une plaisanterie d'Ikpa. Ikpa, paré d'un boubou brodé et d'une chéchia à pompon doré, baignait dans la chaleur de la déférence paysanne. À côté de lui étaient disposées des défenses d'éléphant et une canne *d'ozo* dorée, apparemment pour la galerie car Ikpa n'avait pas reçu *l'ozo*.

Tout ce tape-à-l'œil aurait pu paraître incongru sans le parfait naturel d'Ikpa. Il fit un signe de tête condescendant à Onuma, mais Onuma, insensible à ce genre d'accueil, s'approcha hardiment pour lui donner une poignée de main.

« Voilà bien un homme d'Aniocha », dit Ikpa en lui prenant gravement la main. Et la cour se mit à rire.

Onuma n'en prit pas ombrage car Ikpa à ses yeux n'était qu'un histrion et un bouffon. Il décida d'entrer dans le jeu.

« Servez-nous à boire », ordonna Ikpa. Ses domestiques sortirent du bureau ouvragé une bouteille de whisky et des petits verres.

« Où sont les musiciens ? » demanda Ikpa.

Une demi-douzaine de chanteurs attendaient au fond de la pièce. Onuma connaissait leur chef qui chantait depuis près de cinquante ans.

Ikpa n'en avait que pour son élection. Il couvrait la musique de sa voix, se vantant de son prochain succès. « J'ai tout Obunagu pour moi.

– C'est vrai, cria un paysan qui se mit à danser en hommage à Ikpa.

– L'Eze mordra la poussière. Aniocha, Mbamili, Isu sont avec moi. »

Cette affirmation provoqua l'enthousiasme d'un autre chœur de partisans. Tout à coup, une idée sembla frapper Ikpa.

« Viens ici, cousin, fit-il en saisissant Onuma par le bras et en l'entraînant dans un des couloirs.

Il paraît que tu travailles pour ce gangster d'Eze, dit-il d'un ton rogue.

– Je ne savais pas que vous étiez adversaires.

– Maintenant tu le sais et tu dois le quitter. C'est le plus grand criminel du pays. Et il va falloir qu'il rende des comptes. Il va connaître la plus grande défaite de sa vie. Mais bien sûr, ajouta Ikpa après réflexion, ce serait une bonne idée si tu restais avec lui pour me tenir au courant de ce qu'il fait.

– Mais c'est mon patron, il me donne un salaire, objecta Onuma.

– T'inquiète pas du salaire. Fais comme je te dis. Fais semblant de travailler pour lui. Ouvre grand tes oreilles et donne-moi des nouvelles toutes les semaines. » Et avant qu'Onuma ait pu placer un mot, il le poussa jusqu'à une pièce qui servait de bureau. Elle était remplie de gens très affairés à compter de l'argent. Ikpa se dirigea vers le caissier.

« Voilà mon frère, il est d'Aniocha.

– Nous sommes d'Aniocha », ajouta Magic, jaillissant de nulle part, semble-t-il. Onuma lui lança un regard assassin.

« Il recevra l'argent pour Aniocha », dit Ikpa.

Le secrétaire, un jeune binoclard efflanqué, demanda à Onuma avec respect : « Il y a combien d'anciens à Aniocha ?

– Cinq cents, répondit Magic.

– Quoi ! s'écria le secrétaire. Il y a deux ans, d'après les rapports, c'était deux cents. Et depuis, je sais que la moitié sont morts. Comment oses-tu doubler ?

– Il y en a cinq cents, insista Magic, c'est pas vrai ? fit- il en se tournant vers Onuma.

– Tu recevras pour deux cents. Au tarif de dix shillings par personne, ça fait cent livres. »

Il ramassa une poignée de billets dans un panier et les tendit à Onuma, mais Magic fut plus vif et rafla l'argent.

« Tu vas probablement manger tout ça », commenta le secrétaire avec cynisme.

Avec un sourire diplomatique, Magic continua à compter l'argent. À son troisième compte, Onuma lui arracha la liasse et la fourra dans sa poche. Puis il alla dire au revoir au Chef Ikpa. Il le trouva en train de boire aux mânes de son père au son de la trompette *Ozala*.

« Je te ramène chez toi, fit-il en allant au-devant d'Onuma. Appelle le chauffeur, ordonna Ikpa au gardien en uniforme qui somnolait devant la porte.

– Oui, monsieur. »

Un instant plus tard, un chauffeur en uniforme arrêta une luxueuse Mercedes devant eux et sortit pour leur ouvrir la portière. « Monte », ordonna

Ikpa et tandis que le monstre glissait dans le crépuscule doré, son propriétaire fit la démonstration de tous ses perfectionnements : « Tu fumes? Ça fait rien ! Regarde ! » Il appuya sur un bouton et un tiroir s'ouvrit sur un assortiment de cigarettes de luxe. Ikpa en prit une et fit disparaître le tiroir. « Ensuite, quand on a fumé… » ; il appuya sur un autre bouton et dans un éclair d'opale un cendrier doré jaillit dans le velours de l'accoudoir.

Enfin, la radio : « Mets-la en marche, chauffeur.

– Oui, monsieur. »

Mais aucune des stations ne donnait de la musique au goût d'Ikpa. Il les fit taire. Il y avait encore d'autres merveilles telles que la climatisation, une table rabattable, un bar. Magic était dûment admiratif et par ses questions poussait Ikpa à révéler d'autres gadgets.

« J'allais installer un bar dans ma Jaguar, remarqua tout à coup Onuma.

– T'avais une Jaguar? » demanda Ikpa du ton incrédule qu'aurait eu Balam si son ânesse s'était vantée de savoir parler.

La remarque inopportune d'Onuma ramena à la surface une rivalité qui avait toujours été latente entre les deux cousins. Ikpa avait conscience de la supériorité d'Onuma en matière d'instruction et d'élégance et essayait de la contrebalancer par les possessions matérielles. Sentant son dépit, Onuma se hâta d'ajouter : « J'avais... Depuis elle est partie en morceaux. »

Ikpa accueillit l'information avec un sourire de triomphe.

Ils arrivèrent à Aniocha dans les lueurs cuivrées du soleil couchant et Ikpa réveilla la bourgade assoupie d'une sérénade de son klaxon. Ce devait être la première rencontre d'Aniocha avec la « voiture musicale » qui allait être un trait omniprésent de la prochaine campagne. Ikpa était maintenant pressé de voir la mère d'Onuma. Celle-ci arriva toute heureuse. Ikpa avait toujours été son neveu préféré.

« Tu sais, mère, ton fils est tombé dans un *alu*[1].

– Quel *alu,* fils, explique-toi.

– Ton fils est entré dans la bande de l'Eze d'Isu. Mais je l'ai sauvé de leurs pattes. Maintenant il est avec moi.

- Bien sûr, il est avec toi, dit Oliaku avec conviction.

– C'est bien ce que je dis, mère », et là-dessus, Ikpa fit signe au chauffeur de démarrer.

Les deux autres membres de l'UPN, l'albinos et le maçon, attendaient Onuma chez lui.

« Est-ce que ça a marché ?

---

[1] *Mauvais sort (crime contre un tabou). (N.d.T.)*

– Demandez à Magic. »

Ils demandèrent à Magic.

« Est-ce que le Chef Ikpa nous a offert de la cola ou non ? Et pas d'entourloupettes, s'il te plaît. »

Magic fit un clin d'œil conspirateur à Onuma et dit : « Il nous a donné de l'argent mais c'est pour les anciens. On n'est pas censé y toucher.

– On connaît la chanson, grogna le maçon ; la question, c'est combien ? »

Un autre signe de Magic indiquant : « bouche cousue ».

« Je ne vois pas en quoi cela vous regarde », dit Onuma.

Son ton catégorique intimida les deux hommes. Le maçon s'excusait presque.

« Nous savons que c'est ton frère. Et t'as le droit de faire c' que tu veux avec l'argent qu'il te donne, mais regarde-nous, pauvres malheureux. Est-ce que tu peux nous renvoyer les mains vides ? »

Magic par ses gestes et sa mimique indiquait qu'il était contre toute largesse. Mais Onuma fit un autre calcul. Il alla dans la chambre chercher une poignée de billets. Il compta cinq livres à chacun des trois hommes. Magic hésitait, mais quand Onuma eut l'air de retirer son offre, il s'en saisit avidement. La reconnaissance du maçon et de l'albinos était abjecte. Ils n'avaient pas l'habitude d'avoir une telle somme entre les mains, qui équivalait sans doute à six mois de salaire.

Le maçon remercia Onuma :

« Patron, t'as bien agi avec nous. Cet' cola que tu nous a donnée se multipliera par cent dans ta poche. C'est Dieu qui t'a amené chez nous. Nous te remercions à genoux ; merci, patron. »

Finalement, ils se retirèrent, saluant très bas. Magic resta seul avec Onuma, l'œil pétillant d'impatience.

« Ces deux types sont des péquenots ! »

Onuma fit mine d'avoir sommeil pour se débarrasser de lui mais Magic s'obstina.

« Qu'est-ce qu'on fait maintenant ?

– Qu'est-ce que tu veux dire : "qu'est ce qu'on fait ?"

– Eh bien, l'argent que ton frère t'a donné !

– C'est de l'argent destiné aux anciens.

– Mais oui, je l'sais bien.

– Je croyais que tu m'incitais à ne pas entamer l'argent destiné aux anciens.

– Oui, tu as eu tort de l'entamer devant ces péquenots.

– Est-ce que tu veux que j'aille le leur réclamer ?

– Non, non, s'empressa de répondre Magic. Je te fais pas de reproches, après tout, c'est l'argent de ton cousin. T'as le droit de faire ce que tu veux avec. Est-ce que je peux faire quelque chose d'autre pour toi, patron ? »

Onuma simula un ronflement, ce qui mit un point final à la discussion.

## XIV

À sa seconde visite chez l'Eze, Onuma fut le participant involontaire d'une sanglante confrontation entre l'Eze et Ikpa. Ce dernier était venu chez l'Eze, pour le narguer jusque dans son antre en quelque sorte. L'Eze, à la tête des opérations, se tenait en haut de l'escalier et donnait des ordres d'une voix particulièrement excitée.

« Vous tirez sur le premier qui passe ces murs, c'est compris ?

– Bien sûr », opina son lieutenant mélancolique, Kabu Kabu.

Quand Onuma s'approcha, le Chef Eze l'examina avec méfiance. Il ne le remettait pas très bien. Mais enfin il sembla le reconnaître.

« Est-ce que c'est l'homme d'Aniocha ?

– Oui, monsieur, répondit Kabu Kabu.

– Donne-lui un fusil. »

Kabu Kabu rentra dans la maison et revint avec un pistolet automatique.

« Tu en auras besoin ce soir », dit l'Eze.

Un chœur de chants guerriers s'élevait autour de la maison et semblait monter à l'assaut du bastion de l'Eze.

*Qui veut aller en Enfer ?*
*Qui veut aller avec le Diable ?*
*Qu'il aille avec l'Eze.*
*Qui veut aller au Ciel ?*
*Qui veut mordre la vie à pleines dents ?*
*Qu'il aille avec le Chef Ikpa.*

Puis suivait un refrain entraînant :

*Donnez-nous le Chef Ikpa.*
*À la vie, à la mort*
*Nous suivrons le Chef Ikpa.*

« Ils vont aller à la mort avec lui dès ce soir », remarqua l'Eze, sinistre.

Onuma, inquiet du tour nouveau que prenaient les événements, entra dans la maison. Là, il vit les Gros Bras de l'Eze entrer et sortir d'une pièce marquée « privé ». Poussé par la curiosité, il se préparait à les suivre quand il fut interpellé par un grand escogriffe à l'allure menaçante :

« Qu'est-ce que tu veux ?

– Je suis d'ici.

– Ah, oui ? fit l'autre, sarcastique.

– C'est O.K., Gorille, intervint Kabu Kabu. C'est un nouveau.

– Depuis quand ? insista Gorille toujours soupçonneux.

– C'est l'Eze qui l'a engagé. »

Gorille fit entendre un borborygme.

Onuma entra dans la pièce. Les gardes du corps étaient assis en demi-cercle et fumaient de la marijuana. Certains, les yeux clos, commençaient à en sentir les effets. D'autres, avec un sourire niais et des gestes mous, avaient déjà dépassé le stade de la jouissance.

« T'as eu ton "joint" ? demanda quelqu'un, affalé dans un coin et qui semblait chargé de distribuer les rations.

– Je ne fume pas, répondit Onuma.

– Y fume pas ! » Plusieurs se précipitèrent pour prendre sa part, mais le distributeur resta très scrupuleux. « Dix grammes chacun, c'est comme ça qu'il a dit, l'Eze. »

Quand Onuma ressortit, il fut à nouveau interpellé par Gorille :

« T'as eu ton joint ?

– Je ne fume pas.

– T' veux rire ? grommela Gorille.

– Puisque je te dis que je ne fume pas.

– Alors, pourquoi t'es entré ?

– Pour charger mon pistolet.

- Il était déjà chargé ; mais t'as pas fumé ?
– Non. »

Gorille continua à le fixer d'un œil indigné. Onuma devrait s'habituer à lui et à son regard fixe. Gorille était le chef des Gros Bras. Et ce qui lui donnait un ascendant sur les autres était une sorte de courage animal allié à un mépris total de la vie, la sienne comme celle des autres.

Les assaillants s'étaient dispersés ; leurs chants s'étaient tus. L'Eze sonna une cloche et tous les Gros Bras montèrent dans un camion, chargés de fusils, de couteaux et de poignards.

Onuma devait partir dans la Volkswagen avec Kabu Kabu. Du côté des camions il y eut un remue-ménage. Un des hommes s'était installé à côté du chauffeur. Gorille se dressait devant lui. Par un privilège sacré, le siège avant revenait à Gorille et rares étaient ceux qui osaient enfreindre cette règle ; sans doute le coupable avait-il occupé ce siège plus dans les vapeurs de l'ivresse que par la volonté de défier son autorité. Avec des cris horrifiés, les autres arrachèrent le fautif du siège pour le haler vers l'arrière. Puis ils s'efforcèrent d'amadouer Gorille, mais en vain. Celui-ci partit bouder contre le mur. Il y eut un silence de mort car on se demandait ce qu'il allait faire. On aurait dit un gros chat prêt à bondir. Finalement il revint, la larme à l'œil. On l'avait frustré dans son besoin de violence et pleurer restait pour lui le seul moyen de se défouler. L'Eze avait été témoin de l'incident mais il s'était sagement gardé d'intervenir. Quand le calme fut revenu, il donna ses dernières instructions : « Ils ne vont pas tarder à arriver et vous allez les suivre. Le Chef Ikpa dans une voiture et ses hommes dans un camion à benne. Je ne veux pas de morts. Seulement leur donner une leçon. »

Ses gardes du corps approuvèrent et attendirent.

Un instant plus tard, on entendit les accents du klaxon à musique. Suivit un nuage de poussière et quelques pierres furent lancées dans la cour de l'Eze.

« Les voilà ! » rugirent les gardes du corps et ils se lancèrent à sa poursuite. La Mercedes menait la course, suivie de près par la benne, puis le camion des poursuivants et ensuite, loin derrière, la Volkswagen de Kabu Kabu et Onuma. Kabu Kabu entendait veiller à l'exécution des ordres de son maître, mais sans être assimilé aux truands du camion.

Le marché d'Isu touchait à sa fin et les villageois traînaient sans hâte sur la grande route. Il y eut des cris d'effroi quand les deux véhicules foncèrent à travers la foule. À la sortie d'Isu la route traversait une étendue de savane ; plus loin, ce paysage était coupé par des paillotes, avec çà et là quelques toits de zinc ; c'était le hameau de Mbamili qui se préparait au sommeil. La Mercedes était loin en tête avec le Chef Ikpa, mais la benne chargée peinait. Les poursuivants, visant toujours la proie principale, se préparaient à dépasser la benne quand une soudaine envie de jouer un tour poussa le chauffeur du camion à rester de front avec la benne. Les passagers des deux véhicules se penchaient l'un vers l'autre, se menaçant du poing et se lançant des injures. Cette joute verbale dura jusqu'au moment où la route atteint le sommet de la côte, là où se situe le précipice d'Isu. La benne frôlait dangereusement le bord de l'abîme. Alors le camion lui donna un bon coup d'épaule. On entendit des hurlements ; la benne hésita un instant puis bascula dans le vide. Les durs de l'Eze poussèrent un glapissement de triomphe et se lancèrent à la poursuite de la Mercedes. Ils la rattrapèrent deux kilomètres plus loin, à Aniocha, arrêtée au bord de la route. Le Chef Ikpa, ayant conclu que ses adversaires avaient renoncé à la chasse, exprimait sa satisfaction en soulageant sa vessie derrière sa voiture. Quand il vit le camion piquer sur lui, il courut vers la maison la plus proche, retenant son pantalon du mieux qu'il pouvait. Son chauffeur, libre de ses mains, l'avait précédé.

Ce pantalon fut le salut d'Ikpa. Le premier dur qui se précipitait sur lui avec un coutelas éclata de rire devant sa posture. Les autres, par contagion, furent saisis d'une hilarité incontrôlable. Même Gorille, qui, la machette à la main, s'était arrêté, perplexe, se détendit et ébaucha un sourire.

Ils ne pouvaient entrer dans la maison pour en extraire Ikpa, car même eux respectaient la loi du village sur le droit d'asile.

Gorille revint au camion, en sortit un bidon d'essence, arrosa la luxueuse Mercedes, puis avec application il y mit le feu. Les truands contemplèrent l'embrasement de la voiture ; un ou deux esquissèrent une danse de guerre puis ils remontèrent dans le camion et repartirent en chantant.

Onuma et Kabu Kabu avaient suivi la scène de loin car ils s'étaient mis à couvert. Tandis que les langues de feu léchaient la Mercedes, Kabu Kabu se tenait la joue, indécis.

« Ça n'est pas bien. Ce n'est pas ça que voulait l'Eze. »

Ces deux actes de violence, surtout l'incendie de la Mercedes, créèrent une commotion. Il est vrai que sept cadavres furent retirés des débris du camion, mais l'épisode fut classé comme accident, et après avoir fait la une des journaux avec des détails macabres il fut vite oublié. Il n'en alla pas de même pour la Mercedes. Ikpa s'employa à entretenir la curiosité des villageois et pendant des semaines les restes de la voiture devinrent un pôle d'attraction. Puis à la suite de ses plaintes répétées auprès du gouvernement, un détachement de police armée fut envoyé à Aniocha. Pendant trois jours ils paradèrent sur le marché, firent des menaces dérisoires, prirent la déposition de témoins invraisemblables. Finalement, malgré les protestations d'Ikpa qui affirmait détenir des preuves irréfutables, il n'y eut aucune arrestation. Une déclaration du préfet de police lue sur la place du marché mettait la population en garde contre la violence. L'Eze aussi, depuis son Palais, déclara que le vœu le plus cher de la population était que la prochaine élection se déroulât dans la liberté et l'honneur.

Conséquence de ce raid, Onuma se retrouva en possession de la Volkswagen, peut-être pour de bon. Il semblait vraisemblable en effet qu'à la fin des élections, s'il faisait ses preuves, il puisse la garder. Le cas s'était souvent produit dans le passé, les militants pourvus d'une voiture oubliant de la rendre.

Un après-midi, comme il prenait une bière dans un bar d'Isu, Magic entra en coup de vent. Allant d'un consommateur à l'autre, il croisa le regard d'Onuma, lui fit son demi-sourire et s'approcha de lui pour chuchoter.

« L'Eze a gagné de nouveau.

– Quoi donc ?

– La voiture qui a brûlé à Aniocha. Tu sais qu'il a réussi.

– Non », dit Onuma.

Magic se demandait si Onuma mentait. Puis, concluant qu'il disait la vérité, il se rengorgea d'avoir une meilleure connaissance des événements locaux. « C'est grâce à notre grand *oga,* mais il a dû donner une fortune à la police pour éviter les ennuis. »

La Volkswagen aussi était présente à l'esprit de Magic, mais il n'y fit allusion que par voie détournée. Depuis deux semaines il apprenait à conduire et espérait qu'un de ces jours le Parti reconnaîtrait ses services.

Onuma lui offrit une bière. Magic hésita car il ne buvait jamais. Mais si Onuma voulait le provoquer, il serait malséant de refuser. Il accepta donc. Après deux bières il était éméché et commença à faire des avances aux serveuses. Onuma jugea qu'il était temps de partir mais Magic ne le lâchait plus. « Alors, on va faire une virée ? » Tandis qu'il sortait en titubant, il bafouilla, égrillard :

« Tu veux dire que ça t' dit rien ?

– Quoi ?

– Les filles !

– Non.

– Ha, ha, ha ! »

Arrivé à la voiture, Magic demanda à conduire et insista tant qu'Onuma le laissa essayer. Si au bout de quelques mètres il se révélait incapable, il serait aisé de l'arrêter et de reprendre le volant. Mais, fait surprenant, malgré son ébriété, Magic avait une parfaite maîtrise de la voiture. Il conduisit sans une faute jusqu'à Aniocha, puis d'un geste victorieux arrêta le moteur, descendit majestueusement et d'une main bienveillante salua tous les villageois sur la place. Des cris admiratifs lui répondirent.

« T'as décroché un nouveau boulot ? » demanda quelqu'un en désignant la voiture.

Magic ignora la question mais laissa entendre qu'il jouait un rôle dans la distribution des voitures du Parti.

« Le Parti est grand. Votez tous pour l'UNP.

– Vive l'UNP ! » crièrent les paysans.

Magic remonta en voiture avec un sourire de triomphe et démarra.

« L'Eze va gagner. Y a pas de doute. Si j'étais ton cousin, je m' retirerais. Les gens sont pour l'Eze.

– Peut-être », dit Onuma impatient de reprendre sa voiture.

Ils arrivèrent chez Udemezue mais Magic ne s'arrêta pas.

« On est arrivé, lui rappela Onuma.

– Oui, mais, fils de nos ancêtres, tu veux bien que la voiture fasse connaissance de ma concession ? » Elle fit connaissance non seulement de la concession mais aussi d'un certain nombre des enfants de Magic qui firent un cercle bruyant autour d'elle.

« Vous en faites pas, papa vous en donnera une.

– Une comme ça ? demanda un des enfants.

– Vous en faites pas. » Et les écartant il donna à Onuma le signal de départ.

## XV

Le Chef Ikpa avait envoyé deux convocations urgentes à Onuma. Mais Onuma avait trop à faire avec l'Eze et, de plus, il savait de quoi Ikpa voulait lui parler. Il se sentait embarrassé et voulait éviter la rencontre. Mais Ikpa persista et finit par envoyer chercher la mère d'Onuma. Oliaku séjourna une semaine chez sa sœur et revint morose. À la fin, elle décida de mettre les choses au clair.

« Ce n'est pas bien, ce n'est pas bien d'abandonner ton frère et de t'allier avec des étrangers, s'écria-t-elle.

– C'est vrai, mère, mais il faut que je gagne ma vie. Si Ikpa voulait m'employer, ce serait différent. Mais il ne veut pas. Est-ce que je peux travailler pour lui le ventre vide ? »

Elle réfléchit à cet aspect de la question, conclut qu'Onuma avait raison et se retourna contre Ikpa.

« Je ne comprends pas pourquoi il se dresse contre un homme comme l'Eze. Quand un clown en voit un autre plus puissant que lui, il devrait être assez malin pour se mettre sur la touche. » Mais elle conclut : « C'est leur affaire, je n'y connais rien... Tout ce que je sais, c'est qu'Ikpa est ton frère. »

Onuma aussi avait conscience de sa trahison mais il l'écarta de ses pensées.

Ce même soir, un klaxon grêle se fit entendre devant chez Udemezue. Onuma sortit s'informer et vit Ikpa assis à l'arrière d'une Peugeot. C'était sans doute sa deuxième voiture, à moins qu'il ne l'ait empruntée. Il portait ses vêtements royaux et sa couronne de pacotille. Onuma s'attendait à le trouver déconfit dans une voiture si modeste après son énorme Mercedes. Mais Ikpa semblait plus que jamais imbu de son importance cosmique. La perte d'une voiture de luxe ne l'avait pas abattu. Cette assurance aida Onuma à étouffer le remords d'avoir assisté à l'incendie de la Mercedes. Après tout Ikpa avait tenté un coup, échoué, et devait en accepter les conséquences. Quant au problème de sa participation au raid contre Ikpa, si celui-ci le laissait s'expliquer, il lui démontrerait qu'il se trouvait là par hasard.

Ikpa n'eut pas un regard pour Onuma mais beugla :

« Où est Udemezue ?

– Qu'est-ce que tu lui veux ? demanda Onuma sur la défensive.

– Où est-il ?

– Je ne sais pas.

– Dis-lui que son fils a commis un *alu.* Et demain je vais l'accuser devant le tribunal de nos ancêtres. Dis ça à Udemezue. Dis-lui que je suis venu dans son *obi* et qu'il n'a pas eu la courtoisie de m'offrir le vin de palme. Dis-lui que je lui donne une chance de venir demain au village de ta mère et de sauver son fils de *l'alu.* »

À la fin de cette tirade prononcée d'une voix froide et sans passion, Ikpa fit signe à son chauffeur en uniforme et repartit.

Onuma se demanda pourquoi, si Ikpa lui était si hostile, il se souciait de l'aider à se disculper. Mais Ikpa était un traditionaliste. Il était vraiment convaincu que la soi-disant trahison d'Onuma était un péché et que son devoir était de le purifier par une cérémonie propitiatoire. Onuma rentra discuter l'affaire avec sa mère qui soumit le problème au père en l'engageant à se rendre à la cérémonie.

« Pourquoi me traîner là-bas ? Je n'appartiens pas à ta famille.

– C'est trop te demander d'aller voir ton beau-frère une fois par hasard ? »

Udemezue réfléchit un instant tout en continuant à priser et décida qu'il n'irait pas. Il était résolu à ne pas se mêler de ces querelles politiques. En plus le beau-frère chez qui devait se tenir la réunion ne valait pas cher à ses yeux. Quand Ikpa revint le lendemain, il fit en sorte d'être absent.

## XVI

Voilà peut-être une bonne manière de mettre un point final au cauchemar de ce séjour à Aniocha, se dit Onuma. Terminer sur une simple cérémonie traditionnelle. Lui et Ikpa devaient célébrer *l'igbandu*[1], selon lequel parents ou amis se jurent fidélité. Pour beaucoup c'était un rite

---

[1] *Cérémonie rituelle ibo. (N.d.T.)*

périmé mais pour d'autres comme Ikpa il conservait toute sa force.

Onuma qui se sentait étranger au monde villageois, à sa léthargie, sa crasse, son conservatisme obtus, enviait à Ikpa sa facilité à se conformer aux vieilles coutumes bizarres. Ikpa se rappelait toutes les fêtes ; il n'oubliait jamais d'envoyer à son oncle les présents de rigueur. Bien sûr, dans tout cela il y avait de la flagornerie électorale ; cependant Ikpa était sincèrement attaché à la famille de sa mère. En retour, tout le monde l'adorait. Son klaxon et son chasse-mouches étaient légendaires au village. Onuma se réjouit donc d'étudier sur place sa technique pour gagner ces âmes simples. Cette perspective renforça son sentiment de bien-être. Sa décision de retourner à la ville avait dissipé cette paralysie que le village faisait peser sur lui.

La campagne était devenue un affrontement sanglant et son dégoût était tel que cela le poussait à l'action. Ces dernières semaines, beaucoup d'argent lui était tombé entre les mains et il pouvait retourner à la ville, reprendre un bon départ.

« L'oncle sera content demain, dit Onuma en s'asseyant dans la case de sa mère.

– Content est trop faible », répondit Oliaku, et s'arrêtant de piler l'igname, elle mima l'oncle remerciant pour les cadeaux.

Onuma et le petit Philippe éclatèrent de rire. Oliaku était une des meilleures imitatrices qu'il eût jamais connues, mais ses dons de comédienne perçaient rarement sous ses dehors placides. En l'observant accomplir patiemment ses travaux ménagers, Onuma s'émerveillait de ses trésors d'amour, de patience et de compréhension. Et une scène qui était à la fois un rêve et un souvenir lui revint.

Il devait avoir dix ans à l'époque. Son père eut la variole. Mais si puissant qu'il fut, on le traita comme n'importe quel villageois frappé de ce terrible mal. On l'isola dans la forêt. Un homme qui avait déjà eu la maladie, et donc immunisé, était chargé de lui apporter à manger. Mais l'homme, par négligence ou à dessein, n'alla pas de trois jours à la forêt. Le quatrième jour, après minuit, ils furent réveillés par un gémissement pareil à un cri d'animal sauvage. « Qui est-ce ? » cria la mère. On ne distinguait rien dans l'obscurité mais elle avait compris et éclata en sanglots amers. Le père était dehors, presque un cadavre, l'accusant avec virulence. Enfin sa voix fut emportée dans la nuit. La mère se leva, rassembla de la nourriture et, bravant le risque, partit dans la forêt. Elle continua à lui apporter des vivres jusqu'à complète guérison. Curieusement, cette expérience ne la marqua pas. Elle resta la même, toujours bienveillante avec tous. Quant au père, cet épisode renforça son mépris et sa méfiance envers son *umunna.*

Onuma eut la tentation de dire à sa mère : « Merci, merci pour ta bonté et ton inépuisable amour. » Mais tout ce qu'il s'entendit prononcer fut : « Mère, prie pour moi.

– Prier pour toi ? » Elle ne comprenait pas.

« Ça ne fait rien, mère. Puisse le jour se lever.

– Nous sommes tous entre les mains de Dieu », dit-elle. Et c'était là une prière après tout.

## XVII

Ikpa fut un peu interloqué quand il apprit qu'Udemezue ne venait pas à *l'igbandu* mais il en fallait plus pour l'abattre. Il se contenta de dire à Onuma et à sa mère : « La famille Udemezue en aura des comptes à rendre à l'heure du Jugement ! Montez tous les deux. »

Onuma s'assit devant à côté du chauffeur et Oliaku s'installa toute heureuse à côté de sa sœur Adu. Elles avaient tant à se dire, et tandis qu'Ikpa agitait son chasse- mouches royal à la foule qui l'acclamait, les deux femmes discutaient les problèmes domestiques de la fille d'Adu dont les deux enfants avaient l'âge d'aller au collège.

Mbamili n'était qu'à deux kilomètres. À l'extrémité du village, ils abandonnèrent la grand-route pour un chemin raviné, défoncé par les dernières pluies. Malgré la conduite précautionneuse du chauffeur, la voiture reçut plusieurs chocs sur ces montagnes russes. Enfin elle s'arrêta devant une concession délabrée.

Le chauffeur, selon la procédure établie, fit retentir le klaxon.

« Ah, c'est toi ? grogna Nweze, sortant de la cour.

– Où est ton père ? demanda Ikpa.

– Il arrive.

– Non, qu'il attende, nous venons le saluer. »

Avec un empressement servile le chauffeur ouvrit les portières. Ikpa marchait en tête, agitant son chasse-mouches et cherchant du regard des supporters éventuels, mais le village semblait étrangement abandonné. Seul subsistait à peine le berceau de leurs ancêtres, but de leur pèlerinage. Les murs de la cour n'étaient plus que quelques mottes de pisé. À l'intérieur, deux petites cases contemplaient un monde en péril.

Un bouddha adipeux, engoncé dans des masses de chair, veillait sur quelques dieux lares. Nweze cria : « Père, ton fils illustre est venu. »

Le bouddha fit un signe de tête aux visiteurs.

« Bonjour, Okike », dit Adu.

Okike se tourna vers ses sœurs, les yeux ronds.

À sa manière d'être on l'aurait cru muet. Mais c'était là son caractère. Depuis toujours, à peine s'il prononçait une douzaine de mots par jour. Il était le plus vieux des survivants mâles de la famille d'Oliaku et Adu. Et son *obi* nu, les murs en ruine de sa cour montraient bien qu'il était le genre d'homme qu'une personne respectable ne pouvait que mépriser.

Mais, à la surprise générale, Ikpa semblait éprouver pour lui un certain respect et même de la vénération. En fait, dans sa quête de racines profondes, Ikpa avait fixé son choix sur Okike. Ayant perdu son père tout jeune, il trouvait en cet homme un substitut. Chaque fois qu'il traversait Mbamili, il s'arrêtait pour le saluer et lui offrir de coûteux présents. Autre chose encore l'attirait vers son oncle. Okike était profondément attaché à l'esprit des anciennes coutumes. Quand il en dévidait la litanie, sa mémoire était infaillible. Il était aux yeux d'Ikpa le dernier lien vivant avec une religion qui avait encore un sens pour lui. C'est pourquoi Ikpa lui amenait Onuma.

Devant les dieux et les ancêtres, Onuma et Ikpa devaient se jurer amour et fidélité. La présence d'Okike était le dernier maillon qui les unirait. Avant la cérémonie Ikpa fit un signe au chauffeur qui alla à la voiture et ramena un bélier gras. Ikpa cérémonieusement le présenta à Okike.

« Bienvenue », clama Nweze, parlant à la place de son père.

En même temps les parents et les amis se rassemblaient dans *l'obi* qui fut bientôt plein. L'un d'eux voulut embrasser Ikpa de la même manière chaleureuse qu'ils avaient eue avant qu'il devienne Chef. Ikpa les repoussa en agitant son chasse-mouches et les paysans s'écartèrent déroutés.

« Occupons-nous de *l'igbandu,* dit Ikpa. Devant nos pères, sur la terre de nos ancêtres, j'accuse ce garçon d'*alu*… oui… » Personne n'osa le contredire. « Travailler pour la bande de l'Eze est *alu*… je l'ai amené ici pour le purifier. Et il a eu de la chance de m'avoir pour l'aider. Père, Okike, je te salue. » Et Ikpa, se dépouillant de ses atours brodés et de son chasse-mouches qu'il tendit à son chauffeur, s'agenouilla. Solennellement le bouddha unit les deux cousins.

Les paysans se jetèrent avidement sur le festin qui suivit. Deux vieillards eurent une violente discussion sur la question de savoir quel ancêtre était réincarné en Ikpa.

« Il est le portrait tout craché de son grand-père, affirma le premier, regarde la forme de ses yeux.

– Un seul membre de la famille était aussi intelligent que lui, et c'est son oncle Agu.

– Mais Agu n'était pas mort quand ce garçon est né !

– Mais si, ajouta Adu, c'est exactement dix mois après la mort d'Agu qu'il est venu. »

Ikpa avait remis ses atours et annonça qu'il partait. Il y eut des cris de consternation.

« Ce n'est pas possible, cria Nweze, tu es dans la maison de ton père et tu dois rester. »

Mais Ikpa fit la sourde oreille. « Allons, en route. » Et il prit Onuma par le bras comme si après le serment Onuma était sa chose.

Les deux femmes allèrent jusqu'à la voiture, puis Oliaku rebroussa chemin.

« Nous ne pouvons pas partir, ce n'est pas bien.

– Il n'y a rien de pas bien, dit Ikpa en s'installant.

– Si, mon garçon.

– Oui, nous ne pouvons pas partir, ajouta Adu.

– D'accord, alors vous restez. J'enverrai le chauffeur demain. »

Et avec un coup de klaxon, la voiture démarra.

Après avoir surmonté les embûches du chemin, la voiture débouchait sur la grand-route quand une grosse Pontiac la dépassa en direction d'Aniocha. Des mains nombreuses faisaient des signes. Ikpa leur répondit joyeusement. La Pontiac avait ralenti et revenait vers la Peugeot. Du fond de la banquette arrière émergea la silhouette massive de l'Eze.

« Je te salue bien bas, dit Ikpa en s'inclinant avec affectation.

– Hé, brigand, qu'est-ce que tu fais du côté de chez moi ? »

Ils se donnèrent une joyeuse accolade, puis Ikpa montra négligemment Onuma.

« Tu connais mon frère ?

– Oui, je le connais, sourit l'Eze. Je le connais très bien. Venez chez moi. Il nous faut trinquer.

– Non, merci, dit Ikpa. J'ai du travail qui m'attend. Tu sais que tu n'as aucune chance contre moi.

– Je sais », sourit encore l'Eze. Puis avec un clin d'œil : « Nous célébrerons cela après les élections.

– Ce sera le bon moment. »

Et ils se donnèrent une vigoureuse poignée de main.

## XVIII

Pour Onuma, la cérémonie n'avait pas été une réussite. Il avait été particulièrement choqué par l'aspect gélatineux de son oncle et la voracité sans retenue des paysans. Au cours du repas il était allé dans une des cases chercher un tison pour sa cigarette car il avait fini ses allumettes. Et il avait vu un de ces spectacles si courants dans les villages : une nuée d'enfants au gros ventre qui se chamaillaient pour une écuelle de ragoût du sacrifice. Sa tante, une vieille femme grêlée et mangée de vermine, les surveillait, criant et donnant des taloches à tous ces gosses déchaînés. Onuma s'était enfui, oubliant son tison.

Si seulement on pouvait rayer de tels spectacles de sa vue ! Mais combien aurait-il fallu d'argent pour remplir toutes ces bouches affamées ? Et leurs frères des autres nations ? Onuma fut accablé par un sentiment d'impuissance. C'était une consolation de penser que bientôt il serait loin de tout cela.

*L'igbandu* avait été un échec pour une autre raison encore. Il n'avait pas été long à se rendre compte qu'il ne signifiait pas grand-chose pour Ikpa. Ikpa ne croyait pas à *l'igbandu,* mais espérait qu'Onuma y croirait et qu'ainsi il aurait barre sur lui. Onuma n'était qu'un pion dans sa partie contre l'Eze. Onuma détestait que l'on se servît de lui. Il détestait encore plus l'idée de n'avoir été qu'un pion à cause de sa passivité. Mais tout cela était du passé. Il avait repris sa destinée en main. Il redeviendrait lui-même. Mais l'Eze avait été bon pour lui et il devait aller dissiper tout malentendu entre eux. Il décida donc de se rendre à Isu le lendemain. Ce même soir, Magic vint le voir, l'air important.

« Tu as été voir l'Eze ?

– Non.

– Il m'a dit qu'il voulait te voir. »

En fait, Magic était allé à Isu chercher les pots-de-vin destinés aux anciens d'Aniocha. Se rappelant le rôle joué par Onuma la fois précédente, il l'avait laissé en dehors et était allé avec l'albinos. En passant, l'Eze avait demandé des nouvelles de son ami, le fils d'Udemezue Okudo. « Pourquoi n'est-il pas avec toi ? »

Magic, avec réticence, comme s'il hésitait à moucharder un ami, dit :

« Onuma ? Ah, oui, il est avec son cousin.

– Ikpa ?

– Oui.

– Qu'est-ce qu'il fait pour lui ?

– Je sais pas au juste.

– Est-ce qu'il est son agent ? »

Magic sourit comme si la réponse était évidente.

« Je crois que l'Eze a quelque chose d'important pour toi », dit-il encore à Onuma.

## XIX

Onuma arriva dans la soirée, gara la Volkswagen dans la première cour et s'avança en faisant tinter ses clés. Sur le perron il rencontra Kabu Kabu. Le secrétaire répondit à son salut en inclinant la tête. Le saint des saints était gardé par Gorille qui le laissa passer sans un mot.

L'Eze l'accueillit avec une affabilité inusitée.

« Alors Ikpa est ton cousin, mon frère ?

– Oui, c'est vrai.

– Tu veux nous quitter ?

– Non, si vous le présentez comme ça. Vous comprenez…

– Tu dois nous quitter. Ikpa est ton frère…

– Ça ne me tracasse pas, bien sûr, mais…

– Si, tu dois aller avec ton frère. » Il appela Kabu Kabu. « Il nous quitte.

– Mais vous ne comprenez pas. J'aime travailler ici. C'est seulement que…

– Oui, ne t'inquiète pas pour nous. » L'Eze sourit. « Nous trouverons quelqu'un pour te remplacer. »

Onuma se leva, toujours souriant, et se préparait à sortir quand près de la porte Kabu Kabu tendit la main.

« Quoi ? dit Onuma.

– Les clés », répondit Kabu Kabu de sa voix mélancolique.

Et Onuma tendit en silence les clés de la Volkswagen.

Il fut aussitôt attrapé par plusieurs mains surgissant de partout. Son souvenir le plus clair par la suite fut celui des yeux de Gorille, bestiaux, avides de sang.

Après une éternité de souffrance il fut traîné dehors et jeté en bas des marches.

Il n'avait aucun souvenir des huit kilomètres à pied jusqu'à Aniocha.

Il se réveilla le lendemain, le corps couvert d'ecchymoses. C'était comme si on l'avait tailladé de partout et frotté ses plaies avec du poivre. Il voulut crier au secours mais il savait qu'il n'y avait personne. Seule sa mère était venue le voir et lui apporter à déjeuner. Dans son brouillard il l'avait entendue poser le plat. Puis avait suivi un moment de silence. Décidant sans doute qu'il était ivre, elle était repartie. Il ouvrit la bouche pour l'appeler mais aucun son ne sortit.

Les mots qui voulaient sortir étaient une version modifiée de l'avertissement chrétien : *Ne fais pas aux autres ce que tu ne voudrais pas qu'on te fasse.* Quelquefois c'était : *Fais aux autres ce que tu ne voudrais pas qu'ils te fassent.* Les mots dansaient dans son crâne douloureux, caracolaient puis se remettaient en ordre comme dans un générique de film : *Fais-le aux autres avant qu'ils ne te le fassent.*

À la fin, il sombra dans le néant. Quand il revint à lui, la douleur s'était atténuée, et il avait conscience d'avoir cette étrange acuité de perception qui, paraît-il, précède la mort.

Le contenu de sa vie se déroulait avec netteté à travers toutes ses phases. Se voyant comme un autre, de l'extérieur, il vit un homme qui avait depuis longtemps gaspillé son capital émotionnel et vivait à crédit. Il n'avait pas sagement investi dans des rentes réalisables à l'heure du besoin. Au lieu d'investir dans des valeurs durables, il l'avait fait dans des valeurs éphémères. Les éléments qui constituaient sa personnalité – son honnêteté fondamentale, sa loyauté, son amour des individus – s'étaient atrophiés faute de servir. Dans sa poursuite de l'éphémère il avait négligé les êtres humains. Il s'était produit une aliénation progressive au point qu'il avait fini par perdre le sens de communiquer avec eux. Enfin cette paralysie de la volonté qui l'avait englouti dans la dernière phase de cette crise de l'âme était symptomatique de la banqueroute de la passion. Car en définitive l'action humaine est le produit de la passion. La volonté consiste en une passion accumulée. Quand la passion s'éteint, la volonté chancelle et l'action s'affaiblit ou devient impossible.

Bon, il mettrait de l'ordre dans ses priorités.

Trouver quelque chose d'autre à aimer. Tout recommencer à nouveau et tout ira bien.

Onuma se sentit de nouveau heureux à la pensée de sa nouvelle vie à Lagos. Il avait toujours son appartement et ses affaires comme point de départ vers une vie nouvelle. Vendredi aurait pris soin de tout… Vendredi était honnête ou tout simplement paresseux. Tout ira bien.

Il s'enfonça dans un sommeil heureux et serein. Il fut réveillé aux petites heures du matin par un coup de klaxon péremptoire dont il savait par expérience que c'était une Mercedes. Un instant plus tard, devant le lourd portail de la concession il voyait la Mercedes. Magic en sortit, faisant des gestes d'amitié et se dirigeant gaiement vers Onuma.

« On m'a tout raconté. Ça été une terrible faute. J'en ai parlé à l'Eze. C'est un brave homme et je sais qu'il veut te reprendre. » Puis en chuchotant : « Si tu veux retrouver ta place, tu pourrais chercher à savoir ce que fait ton cousin Ikpa. L'Eze veut le savoir. Tu pourrais lui porter les informations. » Puis à nouveau avec entrain : « Tu vas pas bouger d'ici. Je retourne à Isu et je reviendrai ce soir. » Avec un petit salut guilleret il alla à la voiture et démarra.

Onuma rentra se jeter sur son lit. *Fais-le aux autres avant qu'ils ne te le fassent.* Ses yeux s'attardèrent sur le pistolet accroché au mur. Il se leva lentement, le prit et fit jouer la gâchette.

Le soleil était à son déclin et la nuit descendait sur la terre. Onuma tenant le pistolet alla s'asseoir sur un tronc de cocotier que l'on avait abattu quelques semaines auparavant et resta à ruminer, les yeux fixés à terre. *Fais aux autres...*

Des villageois qui passaient, le voyant avec le pistolet à la main, s'arrêtaient intrigués. Puis haussant les épaules, ils poursuivaient leur chemin. Il était bizarre depuis son retour. Mais par la suite ils devaient se rappeler ce pistolet avec une intensité extraordinaire. Udemezue vint aussi, remarqua le pistolet mais ne dit rien et rentra dans *l'obi.*

Seul le vieil Imedu fit un commentaire. Il passait devant chez Udemezue quand il vit Onuma dans cette étrange posture. Il s'arrêta, pointa le doigt vers le jeune homme en répétant : « Fils de *l'alu,* fils de *l'alu »,* avant de repartir en clopinant.

Magic revint comme il avait promis juste avant la tombée de la nuit. Il s'arrêta pour crier : « Tout va bien ! Bonne chance ! » Onuma l'appela : « Viens ici ! » Bizarrement Magic obéit. Il était à mi-chemin quand Onuma visa et tira. Mais à cause de sa maladresse il dut tirer six fois sur l'irréductible Magic avant de réussir.

Celui-ci, avec une expression d'horreur et de triomphe mêlés, s'affaissa. Onuma se précipita sur lui, lui arracha les clés, puis courut à la voiture et s'installa au volant. Il actionna le démarreur. Le moteur répondit.

Tout à coup le corps d'Onuma vibra dans un gigantesque orgasme ; sa peau se hérissa de volupté. Il jouissait mentalement au contact des flancs et du pubis de cette belle nouvelle maîtresse. Puis quand il prit possession d'elle, elle se mit à avancer avec une grâce charmante, une soumission adorable, avec un doux gémissement, lui donnant tout, ne lui refusant rien. Il roula roula, la forçant aux prouesses les plus érotiques, là berçant, la courbant, la léchant. Des larmes de joie et de reconnaissance ruisselaient sur son visage. Et il continua de rouler, rouler, sans but. Jamais il ne s'arrêterait, jamais.

## *TABLE*

## *Collection*
## *MOTIFS*

1 - MARTIN AMIS, *Le Dossier Rachel*
2 - ÉMILE OLLIVIER, *Mère-Solitude*
3 - MARINA WARNER, *Un père égaré*
4 - SERGI PÀMIES, *Aux confins du fricandeau*
5 - MARGARET ATWOOD, *Faire surface*
6 - PATRICK BOMAN, *Le Palais des Saveurs-Accumulées,* suivi de *Jakarta*
7 - EDILBERTO COUTINHO, *Onze au Maracanã*
8 - ALBERT LONDRES, *Terre d'ébène*
9 - WILSON HARRIS, *Le Palais du paon*
10 - VELIBOR ČOLIĆ, *Les Bosniaques*
11 - KENJI MIYAZAWA, *Traversée de la neige*
12 - ALBERT LONDRES, *Pêcheurs de perles*
13 - TIMOTHY FINDLEY, *Guerres*
14 - QUIM MONZÓ, *... Olivetti, Moulinex, Chaffoteaux et Maury*
15 - JAMES PURDY, *Je suis vivant dans ma tombe*
16 - ALBERT LONDRES, *Le Chemin de Buenos Aires*
17 - LYGIA FAGUNDES TELLES, *Un thé bien fort et trois tasses*
18 - BERROYER, *Je vieillis bien*
19 - CÒSTAS HADZIARYÌRIS, *Le Peintre et le Pirate*
20 - BENJAMIN TAMMUZ, *Le Minotaure*
21 - KENJI MIYAZAWA, *Train de nuit dans la voie lactée*
22 - ALBERT LONDRES, *Marseille, porte du Sud*
23 - JEAN GALMOT, *Un mort vivait parmi nous*
24 - ABDOURAHMAN A. WABERI, *Le Pays sans ombre*
25 - MARCEL ROUFF, *La Vie et la Passion de Dodin-Bouffant, gourmet*
26 - GOBINEAU, *La Danseuse de Shamakha*
27 - RAYMOND COUSSE, *Stratégie pour deux jambons*

28 - JAMES PURDY, *Chambres étroites*
29 - JEAN GALMOT, *Quelle étrange histoire*
30 - ADAM SHAFI ADAM, *Les Girofliers de Zanzibar*
31 - VELIBOR ČOLIĆ, *Chronique des oubliés*
32 - MARCEL ROUFF, *Les Devoirs de l'amitié*
33 - TIMOTHY FINDLEY, *Le Dernier des fous*
34 - OCTAVE MIRBEAU, *Contes de la chaumière*
35 - SAINTINE, *Picciola*
36 - LYGIA FAGUNDES TELLES, *L'Heure nue*
37 - ALBERT LONDRES, *Tour de France, tour de souffrance*
38 - NATSUME SÔSEKI, *Botchan*
39 - EMMANUEL DONGALA, *Jazz et Vin de palme*
40 - CLAUDE TILLIER, *Mon oncle Benjamin*
41 - KJELL ASKILDSEN, *Les Dernières Notes de Thomas F.*
42 - REINALDO ARENAS, *Adiós a Mamá*
43 - ALBERT LONDRES, *La Chine en folie*
44 - ALBERT LONDRES, *Chez les fous*
45 - ALBERT LONDRES, *Les Comitadjis*
46 - OLIVIER SAISON, *Lux*
47 - OCTAVE MIRBEAU, *Dingo*
48 - MATS WÄGEUS, *Scène de chasse en blanc*
49 - MARCEL ROUFF, *Au Grand Léonard*
50 - THÉO VARLET, *Le Roc d'Or*
51 - AMINATA SOW FALL, *Le Jujubier du patriarche*
52 - NKEM NWANKWO, *Ma Mercedes est plus grosse que la tienne*

Imprimé et relié sur les presses
de l'imprimerie Bussière Camedan Imprimeries
à Saint-Amand (Cher)

Dépôt légal : avril 1998
N° d'impression : 982546/4

*Imprimé en France*